어느 날 유리멘탈 개복치로 판정받았다

일러두기

1. 인명이나 외래어는 국립국어원의 외래어 표기법을 따랐습니다. 단, 일부 굳어진 명칭은 일반적으로 사용하는 발음으로 표기했습니다.
2. 책은 《 》, 영화와 드라마, 작품명은 〈 〉로 표기했습니다.

어느 날 유리멘탈 개복치로 판정받았다

예민한 나를 위한
섬세한 대화 처방전

태지원 지음

✦ 차례 ✦

5장

내면의 서늘함을 달랠 때

6장

그냥 유리멘탈 개복치로 살아남기

에필로그

✦ 프롤로그 ✦

어느 날, 유리멘탈 개복치라는 판정을 받았다

사람들과의 단체 모임. 대화가 시작되었다. 내 자그마한 머릿속도 시끄러워졌다.

오늘의 대화 주제는 A가 주도하고 있군. B와 C는 A의 이야기가 지루한 모양이야.
그런데 음식이 빨리 안 나오니 D가 조금 짜증이 난 것 같은데?
B와 C, D를 함께 즐겁게 해 줄 이야기를 내가 꺼낼 시점 아닐까?
가만 보자, B는 경제와 시사 이야기를 즐기고 C는 연예인 이야기를 좋아하지.

D는 유튜브 관련 대화를 많이 하는데 셋이 함께 즐겁게 이야기할 만한 공통 주제가 있을까? 그런데 내가 이야기를 맥 끊듯 끊어버리면 A가 싫어하겠지?

참, 내가 대화 진행자도 아닌데 왜 이런 생각을 하는 거야?

아무도 날 피곤하게 하지 않았는데, 느닷없이 피곤해졌다.

유리멘탈 개복치가 된 날

늘 그렇듯 인터넷 개미지옥 속을 헤매고 있었다. '예민보스 테스트'라는 제목이 돌연 눈에 띄었다. '나의 꼰대 지수는?', '나의 MBTI 유형은?' 등 웬만한 심리 테스트는 다 해보는 터라 이번에도 별생각 없이 클릭했다. 테스트를 해보니 문항 18개 중 13개가 YES에 해당했다. 예민한 사람에 속하는 '유리멘탈 개복치'에 당첨. 그나마 더 상위단계인 '예민보스 끝판왕'이 아니라는 사실에 안도했다.

고백하자면 놀랐다. 유아기까지 나름대로 예민하고 유난스러운 아이라는 소리를 좀 듣는 편이긴 했지만, 학창시절을 거치며 성격은 바뀌었다 믿었다. 그 시절부터 지금까지 스스로를 예민하다 여겨본 적도 없었다. 오히려 매사에 둔감한, 수더분하고 무난한 성격의 소유자라 자부했다. 멘탈도 쇠심줄처럼 단단하다 믿었다. '예민한 성격의 소유자', '유리멘탈' 유의 단어는 주변 환경에 쉽게 휘둘리고 감정 기복이 심하고 매사 짜증을 내는 성격에 붙이는 말 아니던가.

억울한 마음에 '예민한 성격'을 검색해 보고 관련 도서도 뒤적여 봤다. 살펴보니 미국의 일레인 아론Elaine N. Aron이라는 심리학자가 매우 민감한 사람을 'Highly Sensitive Person', 즉 HSP이라 정의했다고 한다. 그의 연구에 따르면 어떤 사회든 남녀 불문하고 인구 다섯 명 중 한 명은 HSP 성향을 보인다는 것이다. HSP는 외부의 소리나 빛 등에 예민하고, 단체로 사람들과 어울리는 것을 피곤해한다. 스트레스를 처리하는 뇌의 편도체가 활발하여 새로운 자극에 강하게 반응하기 때문이다.

물론 예민함에 대한 일반적인 고정관념과 이에 대한 반박도 있었다. 일반적으로 예민한 사람을 두고 같이 지내기에 피곤하고 불평이 많은 이를 떠올리지만, 이 역시 선입견일 수 있다고 한다. 예민하지만 까다롭지 않은 사람도 존재한다는 이야기다. 무엇보다 예민한 사람은 인간관계나 사회적 환경의 흐름이 어떤지 일반적인 사람보다 빠르게 읽고 적절히 대처할 줄 아는 능력을 갖추고 있다. 타인의 감정을 잘 파악하기에 배려심이 높다는 연구 결과도 있었다. 타인에 대한 기대치가 높은 편이고 완벽주의 성향인 경우도 많다. 이런 경향으로 인해 지능과 호기심 등이 높을 수 있으나, 한편으로 우울, 외로움, 신경증, 낮은 자존감, 삶에 대한 만족도가 낮을 수 있다. 주변에 있는 인간관계의 부정적인 단서들을 잘 읽어내기 때문에 쉽게 우울해지거나 인간관계에 회의를 느끼거나 외로워지는 일도 잦은 편이다. 크고 작은 정보를 수집하다 보니, 내 안에 숨어 있던 '예민한 사람'이 보이기 시작했다.

왜 가끔 대화하면 피곤해질까

유리멘탈 개복치라는 갑작스러운 '판정'이 내려진 이후, 내가 어떤 외부 환경에 가장 예민하게 반응하는지 생각해 보았다. 사실 소리나 냄새, 빛과 같은 자극에 민감한 편은 아니었다. 내가 가장 민감하게 반응하는 분야는 하나로 좁혀졌다. 바로 인간관계, 사람이 살면서 가장 풀기 어렵다는 그 숙제 말이다.

물론 사회생활을 하는 많은 성인들이 인간관계와 대화에 상처를 입기도 하고, 피로함이나 회의감에 빠져든다. 그러나 내 경우 조금 더 민감한 측면이 있었다. 사람들과 대화를 나눌 때 비언어적인 부분에도 예민해지고 상대의 반응에 따라 감정이 널뛰는 경향이 두드러졌다. 누군가와 이야기를 나누거나 메시지를 보낼 때마다 대화 분위기를 짚어내고 상대방의 기분이나 상황을 분석하는 걸 가장 먼저 했다. 덕분에 눈치 있게 행동하고 상황에 적절한 언어를 구사하는 사회인이 되었다. 그러나 부작용도 있었다. 홀로 섀도복싱하듯 피곤해지는 일이 잦았다.

사람을 만나 대화하는 걸 좋아하는 나다. 그러나 다른 사람의 표정이나 말투, 전체적인 분위기를 살피느라 대화 주제에 집중하거나 즐기지 못하는 경우가 많았다. 친한 이의 무례한 발언에도, 그걸 지적하면 상대의 기분을 상하게 만들까 봐 반박하지 못하고 꾹 참는 순간도 있었다. 무례한 발언을 듣거나 재미없는 대화를 하느니 차라리 혼자 있는 것이 낫겠다는 생각도 자주 했고, 실제로 혼자 있는 시간을 반드시 만들며 지냈다. 사람 만나는 걸 좋아하면서도, 한 번씩은 반드시 혼자 있어야 하는 나를 이방인처럼 낯설게 보는 이들도 간혹 있었다.

나의 성향과 버릇, 쉽게 지치는 대화, 별생각 없이 넘겼던 습관이나 행동이 한 줄로 꿰어지는 순간이었다. 유리멘탈 개복치라고 판정받은 그날부터 스스로의 대화 패턴에 대해 생각해 보기 시작했다. 나를 피곤하게 만드는 대화의 상황과 패턴이 무엇인지, 무례한 말 폭탄에도 반박하지 못하는 이유는 왜인지 되짚어 보았다. 뿐만 아니라 나와의 대화를 시도하다 오히려 머릿속이 복잡해지고 마음이 요동치는 경우도 있다. 내면의 대화 때문에 더 피곤하거나 무기력한 감정에 빠져드는 까닭도 따져보았다.

다음과 같은 사람들이 이 글을 읽어보면 좋겠다.

- 대화 도중 쉽게 지치고 인간관계에 회의감을 느끼는 유리멘탈 개복치와 예민보스
- 스스로의 완벽주의와 높은 기대치로 인간관계에 회의감이 들고 대화 자체가 피곤한 사람
- 무례한 대화에 사이다킥을 날리고 싶으나, 하지 못하고 대신 이불킥을 날리는 사람

- 내면의 대화 때문에 도리어 무기력해지고 마음이 괴로워지는 사람

나와 비슷한 유리멘탈 개복치나 예민보스들이 인간관계에서 삼는 최대의 목표는 피곤함이 덜하고, 덜 지치며, 회의감이 적은 관계를 맺는 것 아닐까. 더불어 타인의 반응에 쉽게 상처받거나 마음이 요동치지 않는 나를 만들어가는 것도 하나의 목표라 할 수 있다.

앞으로 이어지는 글에서 예민한 사람들이 마주치게 되는 대화 패턴이나 인간관계 문제 그리고 그에 따른 처방전을 이야기하려 한다. 더불어 생활에 도움이 되는 내면의 사고방식도 제시하고자 한다. 물론 내 경험에 근거한 이야기가 많다. 나는 타인의 무례한 이야기를 다 받아칠 만한 순발력과 대담성을 가졌다거나, 엄청난 대화기술을 소유한 사람이 아니므로 완벽한 처방전을 제시하지는 못한다. 다만 예민한 사람들의 마음에 위로가 될 만한 이야기, 작은 용기를 드릴 만한 이야기를 담아본다.

2022년 5월

태지원

1장

감정과 마음 달래기

감정의 파도는 언제나 소란스럽다

여유로운 태도의 비밀

같은 직장에 다니며 절친하게 지내던 A가 있었다. 겉으로 태연한 척 굴어도 속으로는 초조함을 내뿜던 나와 달리 늘 반 박자 정도 느린 말과 행동을 유지했다. 그의 여유로운 태도는 주변의 분위기를 온화하게 바꾸는 힘을 가지고 있었다. 그러나 A의 인생에도 인간관계의 갈등 국면은 찾아왔다. 같은 부서의 누군가가 업무상 과한 부탁을 했고, 이에 A가 항의하며 다툼이 일어났다. 때마침 다툼의 장면을 목격한 동료들 덕에 소문이 직장 이곳저곳으로 퍼지는 데는 반나절이 채 걸리지 않았다. 급기야 그날 오후, 다른 동료 한 명이 다가와 A는 지금 괜찮냐며 걱정인지 호기심인지 모를 질문을 던졌다. 급작스레 불안해진 마음에 A를 찾아가 조심히 안색을 살폈다. 걱정이 담긴 내 시선을 알아챘는지 그는 싱긋 웃으며 말했다.

"괜찮아. 너 아직 모르니? 사람들은 남의 일에 그렇게까지 긴 시간동안 관심을 두지 않아. 걱정하는 척 이야기하다가도 금세 잊어버린다니까."

A 특유의 무덤덤한 말투와 여유로운 미소를 지금도 잊을 수 없다. 머리를 한 대 맞은 느낌이었다. 나는 늘 정반대의 생각을 품고 있었으니까.

내 두려움의 정체

나는 늘 일말의 두려움을 가지고 있었다. 내가 없는 곳에서, 누군가 내 이야기를 한다는 상상을 하는 순간 온몸에 소름부터 돋았다. '무슨 이야기를 할까', '날 어떻게 생각할까' 머릿속에서 질문이 이어졌다. 언제부턴가 모임에서 대화를 하고 돌아오는 날이면 찝찝하고 불안한 마음이 떠돌기 일쑤였다. 가끔 그날 나눈 대화를 찬찬히 복기하고는 했다. 내 입이 눈치도 없이 대화 지분을 절반 이상 차지하며 떠들어댄 건 아닌지, 나만 궁금한 이야기를 과하게 떠벌린 건 아닌지 찬찬히 돌아보았다. 자기 검열은 곧바로 자아 성찰과 반성의 시간으로 이어졌다.

자랑과 자학의 일관성 없는 대화를 반복했다고 느낀 날, 찜찜함은 두 배로 몸집을 불렸다. "기쁨은 나누면 질투가 되고, 슬픔은 나누면 약점이 된다"는 인터넷 명언이 머릿속을 떠돌았다. 이야기를 듣던 이들의 반응도 이따금 떠올랐다. 상대가 가벼운 하품을 하던 장면, 시선을 아래로 내리깔던 모습이 머릿속에서 자동 재생되었다. 지루한 이야기를 끊임없이 던져 좌중을 힘들게 했던 건 아닌지 자체 심문의 시간이 이어졌다.

이 말 못할 찝찝함은 어디에서 비롯된 걸까. 되돌아보건대 나는 함께 대화를 나눈 이들을 특정한 자리에 앉혀 놓고 있었다. 나를 평가하는 심판석이나 관중석은 늘 꽉 들어차 있었다. 그들의 평가에 따라 나라는 인간의 평가점수가 갈린다고 생각했다. 주변인이 날 소심하다고 평가하면 내가 정말 소심한 사람이 되어버린 듯 위축되었고, 그들이 나를 멋진 사람으로 생각하면 괜히 우쭐댔다. 사람들을 '나를 관찰하고 판단하며 좋은 사람이 되기를 기대하는 누군가'로 생각한 셈이다.

심리학에는 '상상 속의 청중'이라는 개념이 있다고 한다. 주로 청소년기에 보이는 특징인데 신체적, 생리적 변화 때문에 청소년들은 주변인이 자신을 바라보고 있다고 전제하며 지낸다. 그래서 나에 대한 타인의 반응을 늘 예측하려고 노력하고, 자기도취에 빠지거나 반대로 자기 비판적이 되기도 한다. 청소년기에 주로 나타나는 경향이지만 성인기에도 경향이 지속될 수 있다고 한다. 마음 한구석에 늘 관중석을 마련해 두고 그 눈치를 살폈던 나처럼.

주변인을 관중이나 심판관 자리에 앉히면 어떤 일이 벌어질까. 대화하거나 인간관계를 맺는 행위는 일종의 임무로 변한다. 상대에게 멋진 인상을 남기는 정도까지는 아니더라도 적어도 끔찍한 인상은 남기지 말아야 하는, 목표점이 분명한 일이 된다.

그런데 가상의 청중을 관중석에 붙잡아 놓은 범인은 다름 아닌 나였다. 이기적이라는 이야기나 철없다는 평판을 듣는 게 두려웠다. 어디에도 떼쓰지 않고, 태연하거나 의젓해 보이려 애써가며 행동을 조절했다. 다른 사람들의 기대를 내면에 차곡차곡 쌓았다. 쌓인 기대는 어느덧 한 무리의 관중으로 변해 머릿속에 자리 잡았다.

물론 살아오면서 가상의 관중 덕을 본 적도 있다. 상황에 맞는 부적절한 말은 하지 않는 인간이 되었고, 일명 사회성이 생겼다. 하지만 부작용도 있었다. 주변인들의 반응이나 나에 대한 평가에 과민하게 신경 쓸 때가 많았다. 부정적인 평가표를 받아들지 않으려 애쓰는 면접 응시자가 된 셈이다.

여러 가지 측면에서 A의 이야기는 새로운 세계를 열어주었다. 되짚어 보니 누군가가 끊임없이 나를 관찰하고 판단할 거라는 두려움은 착각에서 비롯된 것이었다. 내 마음속 관중석을 공석으로 만들어도 큰 문제가 없었다. 나는 인터넷 뉴스에 오고 가는 화제의 인물도 아니고, 뉴스 연예면이나 정치면에 오르락내리락하는 셀럽도 아니었으며, 그저 평범하고 소심한 관종에 불과했다. 다른 사람의 기분을 좌우할 만큼 지대한 영향력을 지닌 사람도 아니었다. 과거에는 꽤 씁쓸하게 느꼈던 일이었으나, 지금은 되려 묘한 안도감을 안겨주는 특급 정보였다.

상대의 반응을 민감하게 살피며 감정의 파도에 휩쓸리는 사람은, 남들이 나에게 관심이 많다는 착각을 밑바탕에 깔고 있는 경우가 많다. 이 때문에 내가 상대에게 상처를 주거나 불편한 감정을 안겨줄까 염려하는 경향이 있다. 그렇지만 상대의 기분은 엄연히 그 사람만의 선택 영역이다. 내가 타인의 감정을 책임져야 한다는 생각은 일종의 오만일 수 있다.

음식점에서 머리카락이 나온 경우를 생각해 보자. 종업원에게 이를 지적하면 당황할 수는 있다. 그러나 다르게 생각하면 음식점에서 흔히 벌어질 수 있는 일이다. 종업원은 이런 식의 컴플레인 상황을 종종 만났을 것이고, 특별히 난리치지 않는다면 나를 진상으로 생각하지 않을 것이다. 종업원에게 나는 가게에서 일하며 만나는 수많은 고객 중 하나일 뿐이니까.

내가 누군가를 언짢게 만들까 봐 불안해지는 순간에는 스스로를 거대하게 생각하지 않으려 한다. '나는 미미한 존재다. 상대의 기분은 나에 의해 심각하게 좌우되지 않는다'라는 사실을 되새긴다. 나를 하찮은 미물로 격하시켜 심리적으로 잔뜩 위축되자는 말은 아니다. 언어와 행동의 자유를 얻는 데 핵심이 있다.

누군가에게 맞추지 않아도 괜찮다

나는 누군가의 말에 상처 입을 때마다 '상대가 내 멘탈을 깨트린다'는 생각을 해왔다. 그러나 생각해 보면 무례한 사람은 일관성 있게 무례했고 못된 사람은 어디에나 일정 비율로 존재했다. 그 사람들이 나에게 부당한 요구를 하거나 못되게 굴 때조차 이 말에 반박하면 내가 이상한 사람이 될 것 같았다.

반사적으로 '나는 누군가에게 맞춰 줘야 해', '누구의 기분도 거스르지 말아야 해'라는 원칙이 밑바탕에 깔려 있었다. 그러나 미묘하게 대화가 어긋나는 상황에서, 과연 내가 상대의 기분을 맞춰줘야 할까. 찬찬히 돌아보니, 구태여 그럴 필요까지는 없었다. 모임에서 어울리지 않게 분위기 메이커가 될 필요는 없었고, 내가 만나는 모든 사람과 늘 기분 좋은 만남을 가진다는 건 애초에 불가능한 일이었다. 대다수가 내 마음이 만들어낸 허구의 규칙에 불과했다.

모두의 기분을 거스르지 않겠다는 다짐은 다정하지만 씁쓸한 착각이다. 아무런 공격도 받지 않고 어느 누구의 기분도 거스르지 않는 완벽한 사람은 세상에 존재하지 않는다. 게다가 별로인 사람의 기분까지 맞추며 살아가다 보면 나까지 별로인 인간이 되어버릴 수도 있다.

주변 사람들은 나를 쳐다보거나 판단하는 심판관이 아니다. 혹시라도 누가 나를 심판한다면 나는 그 판정을 거부할 권리가 있다. 가상의 청중석을 머릿속에서 몰아내면 의외의 자유가 찾아온다.

당신의 머릿속이 TMI로 가득 차는 이유

〈그것이 알고 싶다〉를 보고 잠 못 이루던 밤

대략 10년 전쯤 〈그것이 알고 싶다〉 화성 연쇄살인 편을 본 날이었다. 현재는 진범이 잡혔으나 당시에는 우리나라의 대표적인 미제 사건 중 하나일 때였다. 프로그램을 시청한 후 침대에 누웠는데 다큐멘터리 속 장면 하나하나가 머릿속에 생생하게 재생됐다. 특히 얼굴에 검은 그림자를 드리운 범인이 어둠 속을 어슬렁거리는 재연 장면은 공포 그 자체였다. 벌벌 떨며 언니 등에 꼭 붙어서 자려 했는데, 너무 덥다며 언니가 나를 슬쩍 밀어냈다.

이후에도 종종 유사한 경험을 했다. 참혹한 강력범죄 사건에 관한 기사를 읽은 밤, 북한이 곧 미사일을 날린다는 소식을 들은 주말, 누군가의 우울한 소식을 들은 날에는 도통 잠을 이룰 수 없었다. 이야기를 들은 대다수 주변인은 대체로 황당해했다. 스무 살 넘은 성인이 뉴스 하나하나에 저토록 겁을 집어먹는다는 사실을 믿지 못했다. 나 역시 이런 일화를 주변인들과 가벼운 유머로 소비하고는 했다. 그러나 되돌아 생각해 보니 곱씹을 만한 구석이 있는 특성이었다. 나는 작은 자극에도 민감했던 셈이다.

정보 홍수의 시대다. 손안에 스마트폰 하나만 쥐면 수많은 인터넷 기사가 쏟아진다. '알고 보니 두려운 이것의 정체', '이것 방치하면 큰 일' 따위의 제목으로 낚시질하는 기사가 끝도 없이 이어지고, 진실과 진실 아닌 뉴스가 뒤섞여 머릿속 혼란을 불러일으키는 세상이다. 만약 당신이 다른 이들보다 자극을 민감하게 받아들이는 부류라면 시도 때도 없이 인터넷 뉴스를 보는 걸 삼가는 게 정신건강에 좋을지 모른다. 특히 우울하거나 겁에 질려 있는 상태라면 강력범죄 기사나 세상의 삭막한 진리를 깨우쳐 주는 정보를 덜 흡수하는 편이 더 나을 수 있다. 자극적인 정보의 흡수가 불면의 밤으로 이어질 수 있으니까.

머릿속 TMI가 당신을 괴롭힐 때

타인과 대화를 할 때도 종종 비슷한 일은 벌어졌다. 머릿속에 TMI가 의도치 않게 머릿속에 들어오는 경우다.

대화하다가 상대가 "나 오늘 기분이 좋다"고 말하는 상황을 떠올려 보자. 그 말을 한 당사자가 얼핏 우울한 기색을 띠고 있다면? 메시지와 다르게 말투가 그다지 즐거워 보이지 않는다면? 이미 그의 비언어적 행동과 표현을 분석하고 판단하는 사고회로가 작동 중일 수 있다. 일단 수많은 정보와 단서를 수집한다.

- 어제 이 친구에게 무슨 일이 있었던 걸까?
- 지난번에 만날 때 이 아이가 나에게 뭐라고 말했지?
- 대화를 나누고 있는 이 식당 분위기가 마음에 들지 않는 건가?
- 기분이 좋지 않은데 반어법으로 말하고 있는 것은 아닐까?

나와의 대화 중, 상대방이 스마트폰을 놓지 않고 검색에 열중해 있던 순간에도 머릿속에 오만가지 생각이 스쳤다. 특별한 상황이 아닌 한 상대방의 이런 행동은 무례한 유형에 넣어봄직하다. 하지만 상대의 무례함을 탓하기보다 그 행동의 의미를 해석하고, 잘못의 화살을 나에게 돌리는 데 에너지를 소모해 버렸다. 상대가 혹시 나한테 화난 것이 있는지, 내 말이 유치하고 따분한 건지 다양한 가능성을 추측해 보았다. 무례한 행동임을 깨닫고도 이에 대해 상대방에게 지적해야 할지 말지 고민했다. 분위기가 불편해질 것 같아서 참다가 적절한 말을 꺼내지 못하고 집에 돌아와서는 뒤늦게 후회했다.

대화 중 생각이 꼬리를 물고 이어지다 급기야 제풀에 지칠 때도 있었다. 서로가 서로에게 열중하는, 한 치의 빈틈도 없는 이상적인 대화 상황이 늘 이어진다면 행복했겠으나 그런 경우는 흔하지 않았다. 대부분 상대의 반응을 지나치게 살피다 피로함으로 대화가 끝나기 일쑤였다. 대화하면서도 제대로 소통을 나눈다는 느낌이 들지 않았다. 불필요한 구석까지 신경 쓰느라 정작 이야기가 헛도는 상황이 이어졌다.

머릿속의 신호등을 켤 때

대화를 하다 피로에 지쳐 쓰러지기 전에 사고의 방향을 수정해야 했다. 자극을 많이 받아들이는 게 문제라면 머릿속 차단기가 필요했기에 두 가지 노력을 해보았다.

첫 번째 노력은 머릿속에 빨간 신호등을 들여놓는 것이었다. 내 눈과 귀가 지나치게 많은 정보를 수집하며 눈치를 살필 때 마음속으로 과감히 STOP을 외쳐본다. 그것만으로 효과가 없을 때는 머릿속에 빨간 신호등을 떠올린다. 상대방의 말 외에 말투, 표정 등 비언어적 표현에 대한 단서들은 되도록 받아들이지 않기 위한 노력의 일환이었다. 불필요한 정보가 더는 머릿속에 들어오지 않도록 상대방이 전하는 말의 내용에만 집중한다. 물론 대화를 할 때 비언어적 표현이 꽤나 중요하다는 사실은 잘 알고 있다. 상대방의 눈빛과 말투가 여러 가지 메시지를 전할 수 있다는 것도 익히 아는 바다. 그러나 상대의 표정과 대화의 뉘앙스를 지나치게 살피느라 정작 대화를 주고받는 데 필요한 에너지까지 소비해 버리는 건 손해였다. 이럴 때는 빨간 신호등을 연상해서, 너무 많은 정보가 들어오는 상황을 차단하는 것이 효과가 있다.

두 번째 노력은 비관적인 해석법을 버리는 것이었다. 언젠가 건축가 유현준 교수의 유튜브 강의를 본 적이 있다. 그는 자신의 예민한 구석을 솔직하게 털어놓았다. 직업적으로는 예민함의 도움을 받은 적도 있으나, 연애할 때는 도움되지 않았다는 말도 덧붙였다. 연인과 함께 차를 타고 가다가 상대방이 창밖만 물끄러미 바라봐도 '얘가 나랑 헤어지고 싶어 하는 걸까' 생각하며 괴로워했다는 이야기였다. 상대의 반응을 분석하느라 머리가 빠르게 돌아가고, 감정이 롤러코스터를 타는 나는 몹시 공감했다. 사람들을 만날 때 상대의 행동에 비슷한 해석을 거듭한 적이 많았기 때문이다.

타인과 대화하면서 쉽게 상처를 받는 사람이라면 상황의 원인을 비관적으로 해석하는 버릇을 가지고 있을 가능성도 크다. 인간의 편향된 사고방식의 하나로 '선택적 지각Selective Perception'이라는 것이 있다. 우리는 꽤 합리적으로 무언가를 인식하고 기억하고 있는 듯 보이지만 실상은 그렇지 않다는 이야기다. 시끄러운 상황에서도 나와 관련된 정보에 귀를 기울이게 마련이다. 특히 열등감이나 자격지심이 많은 시기에 놓인 이들은 타인의 무심한 행동에도 나를 무시했다고 곡해하기 쉽다. 대화 중 다른 사람의 소소한 표정이나 반응이 모두 나와 관련 있다고 받아들이기 시작하면 피곤해진다. 그렇게 보이는 행동만 계속 증거로 수집하기 때문이다.

누군가의 뜨뜻미지근한 반응, 겸연쩍어 보이는 표정까지 모두 나와 관련되어 있다는 상상을 버릴 필요가 있다. 적절한 자기합리화가 필요한 시점이다. 여우가 애초에 먹지 못하는 포도를 너무 시어서 못 먹는 것으로 치부해 버리듯, 때때로 정신승리가 필요하다. 지나치게 비관하거나 자신에게 엄격한 사람들, 타인에게 상처를 많이 받는 사람에게는 정신승리도 여러모로 쓸모가 있다. 정신건강의학과 이승민 박사는 자신의 책 《자기합리화의 힘》에서 자기합리화가 가진 쓸모에 관해 이야기한 바 있다. 합리화는 나를 위한 적당한 보호막이자 방패며, 적극적으로 활용하면 치유의 방편이 된다는 것이다. 자기합리화는 자신을 위해 하는 아주 자연스럽고 본능적인 행동일 수도 있다. 가끔 신 포도를 먹지 못한 여우처럼 생각을 자신에게 유리하게 바꿔보자는 것이다.

만약 내가 친구에게 메시지를 보냈는데 그가 오랫동안 보지 않으면서 읽씹 한다고 생각해 보자. 우리 둘 사이에 아무런 다툼이나 갈등이 없었다는 가정 아래 두 가지로 해석할 수 있다.

- 급한 일이 생긴 것 같다. 바빠서 보지 않으니 언젠가는 볼 것이다.
- 혹시 나에게 기분 나쁜 일이 있었나? 내가 귀찮게 한 것 아닐까?

두 생각의 방향 중에서 무엇을 택하는 게 나을까. 두 번째 방안을 택하면 나의 잘못을 계속 살펴보다가 근거 없는 자괴감에 빠져들 가능성이 높다. 차라리 합리적인 방안으로 첫 번째를 택하는 편이 낫다.

내 탓이라는 화살표의 방향을 '상황'으로 돌리면 나도 덜 괴롭고 덜 힘들다. 상대방의 태도에 나의 자존감, 나의 대화 기술을 재어보고 따져볼 필요는 없다. 만약 상대방이 대화 중 무례한 말이나 행동을 보인다면 "좀 무례한 것 같은데"라고 가볍게 응대해도 괜찮다. 상대의 기분이 일시적으로 나빠진다고 해서 관계가 당장 끝나는 건 아니니까.

과도한 정보가 머릿속을 어지럽힌다면, 불필요한 정보는 분리수거하자. 비관적인 해석법도 적당히 놓아주자. 나를 민감하게 만드는 자극을 줄여야 대화의 피곤함도 사라진다. 상대의 표정, 몸짓 하나하나 세세하게 살펴보고 분석하려 들지 말자. 버릇처럼 눈치를 살피고 있다면, 머릿속에 빨간 신호등을 적절히 켜두자.

나는 내 트랙을 달릴 뿐

누군가의 기쁜 소식을 듣고 몇 분 만에 우울해진 적이 있다. 지인이 과감한 주식 투자로 자산을 두 배나 불렸다는 이야기를 듣고 난 뒤였다. 축하해 줘야 마땅한 일이고, 기꺼이 그러고픈 마음도 있었다. 그러나 내 인생에 대한 한탄과 씁쓸함이 솟아나는 건 별개의 일이었다.

달리기 꼴등을 도맡아 했던 학창 시절 체육 시간이 떠올랐다. 내 트랙을 따라 열심히 달려가고 있는데 옆 트랙으로 시선을 돌리니 누군가 한창 앞서가 뒤처진 느낌. 내 인생은 어째서 이토록 작고 귀엽고 소소하게 흘러가는지 한탄하다, 부러움과 질투에 휩싸인 나를 발견하고 흠칫 놀란다. 결국 '능력도 행운도 부재하는데 남의 좋은 소식 듣고 질투까지 하는 마음 그릇 작은 나'를 구박하는 단계에 이른다. 이 감정의 종착점은 자괴감과 자책감이었다.

부러움과 질투라는 빌어먹을 감정이 어째서 내 인생에서 비켜가지 않을까 진지하게 고민한 적이 있었다. 인생의 발달 단계를 하나씩 뛰어넘으면 타인과 나를 비교하는 일이 줄어들 거라 생각하기도 했다. 그러나 특정한 주기로 비슷한 감정이 고개를 들었다. 학창 시절에는 나보다 성적이 높고 얼굴마저 예쁜 아이를 흘끔거리며 시간을 보냈다. 대학 시절에는 유식한데다 언변까지 유창한 이들에게 열등감을 느꼈다. 취업하고 나서는 직업이 적성에 맞춤옷처럼 들어맞아 보이는 이들이나 재테크에 성공한 이들을 부러워했다. 타인의 손에는 쉽게 주어지는 인생의 작은 승리가 나에게만 유독 찾아오지 않는 듯 느꼈다.

결혼하고 아이를 낳아 삶에 안정감이 들어서면 뒤처지는 느낌이 사라질 줄 알았으나 여전히 옆 트랙을 슬며시 훔쳐보는 나를 발견했다. 반들반들 윤이 나게 살림을 관리하고 아이를 더할 나위 없이 사랑하는데다 육아의 요령과 지혜까지 갖춘 부모들이 눈에 띄었다. 내 인생을 나름 잘 꾸려가고 있다는 만족감에 잠시 취하다가도, 옆 트랙을 흘깃거리며 잘못 살고 있다며 한탄하곤 했다. 남의 좋은 소식을 들으면 응당 축하해야 할 것 같았지만 입맛에 도는 씁쓸함은 감추지 못했다.

부러워, 미치게 부러워

나만 뒤처진 느낌에 자괴감이 들 때, 마음을 어떻게 다스려야 할까. 한참 생각해 보니 도무지 다스려지지 않는 마음을 억지로 다잡으려는 게 문제라는 결론에 이르렀다. 비교하는 마음을 없애려다 마음 그릇마저 작은 나를 구박하고, 그 과정에서 더 큰 괴로움의 구렁텅이로 빠지기 일쑤였기 때문이다.

여기에 작은 위로를 건네는 연구 결과도 있다. 신경과학자이자 인지심리학자 대니얼 레비틴Daniel Levitin에 의하면 인간은 오랜 진화의 세월을 지나면서 형평성과 공정성에 대한 감각을 아로새기게 되었다고 한다. 이를 바탕으로 생각과 행동을 조절하다 보니 많은 이들이 비교하게 되었다는 이야기다. 비교는 인류 공통의 특성이며 자연스러운 사고방식이라는 것이다.

이 불쾌하고 찌질한 감정에 취약한 못난이가 나만이 아니라는 사실은 때때로 작은 위안을 준다. 대다수 인류의 마음에서 샘솟는 자연스러운 감정이라는 말이니까. 그러니 부러움과 질투의 대상에게 "부럽다" 정도 이야기하는 건 창피한 일이 아닌 셈이다. 신기하게도 "난 네가 참 부럽다"는 말을 입 밖으로 내뱉고 나면 마음이 조금 가벼워진다. 부정적인 감정은 마음속에 있을 때 천금만금 무겁지, 입 밖으로 내놓고 나면 그 비장한 무게가 급격히 줄어들기도 하니까.

숫자가 될 수 없는 인생

감정을 인정했음에도 부러움과 질투가 걷잡을 수 없이 몸집을 불릴 때가 있다. 부러운 사람의 화려한 인생을 SNS로 검색하다 하루의 반나절을 낭비하는 일, 흔히 벌어지곤 한다. 이럴 때는 '나만의 트랙'에 집중하려는 노력이 필요하다. 다시 말해 누군가 옆 트랙에서 앞서 나가는 상상을 다른 종류의 생각으로 바꿔보는 것이다. 모든 사람이 개별적으로 독립된 각자의 트랙을 달리고 있는 상상을 해보는 게 도움된다.

대학 시절 교육학 시간에 다중지능 이론을 배운 적이 있다. 심리학자 하워드 가드너Howard Gardner에 의하면 인간의 지능 수준은 한 덩어리가 아니라 다양한 영역으로 나뉠 수 있다고 한다. 그에 따르면 지능은 언어 지능, 대인 지능, 신체 운동 지능, 공간 지능 등 서로 다른 6~8개의 독립된 능력으로 구성된다.

이 이론을 접하자마자 초등학교 시절의 아이큐 수치가 떠올랐다. 어릴 때는 아이큐 검사를 통해 개개인의 지능 수준을 파악한 뒤, 결과로 산출된 숫자를 비교하는 걸 당연한 일이라 여겼다. 친구들끼리 아무렇지 않게 "너 아이큐 몇이니"라는 질문을 던지며 비교의 대상을 찾는 건 예삿일이었다. 그러나 알고 보니 지능 수준이라는 것에도 다양한 영역이 자리 잡고 있었다.

아이들을 가르칠 때도 다중지능 이론을 자주 떠올렸다. 인간은 등수라는 숫자로도, 우등이나 열등이라는 기준선으로도 쉽게 분류할 수 없는 존재임을 실감하곤 했다. 놀라울 정도로 주변을 깔끔히 정리하는 아이, 공감능력이 뛰어난 아이 등 어떤 식의 능력이든 하나씩 갖추고 있었다. 우리 반 서기는 성적이 상위권은 아니었지만 출석부 정리를 기가 막히게 해냈다(출석부 정리에 어설픈 담임인 내게 자주 핀잔을 줬다). 학교에 출몰하는 쥐를 몇 시간 만에 잡는 아이도 있었다. 그런 것도 재능이냐고 따져 묻는다면, 당연히 그렇다고 확실히 답할 수 있다. 쥐를 잡기 위한 절차를 세밀하게 따져보고, 적절한 곳에 덫을 놓은 다음, 덫에 걸려 버둥거리는 쥐를 과감히 잡을 수 있는 용기와 쉽지 않은 일에 자진해 나서는 대담함까지. 그 모든 실행력과 용기는 내가 보기에 분명한 재능이다.

숫자 하나로 손쉽게 비교 가능하다고 생각했던 지능조차 그러할진대 인생의 면면은 오죽할까 싶었다. 인간의 삶은 단순한 말로 설명이 불가능한 다양한 요소와 영역의 집합소다. 숫자 하나로 단언할 수 없는 종류의 어떤 것이었다. 우리가 누군가와 내 인생을 비교할 때는 단순하고 눈에 보이는 것에 중점을 두게 마련이다. 성적이나 연봉, 취업이나 결혼 시기, 재테크로 번 돈 등 확연히 눈에 띄는 것들, 수치화할 수 있는 영역에 중점을 둔다. 단순화한 숫자여야 비교가 쉽고 간편하니까. 타인의 인생에 대한 만족도, 우울감과 행복감, 눈에 띄지 않는 재능 같은 건 이마에 크게 아로새겨져 있지 않다.

그러니까 우리는 타인의 인생 중에서도 숫자로 표현하기 쉬운 것, 그중에서도 타인의 가장 크고 빛나는 숫자를 비교의 척도로 사용한다. 삶을 결정짓는 요소는 끝도 없이 많고, 모든 요소를 통틀어 전 세계 1등을 할 수 있는 인간은 존재하지 않음에도. 타인의 인생은 납작하고 단순하게 파악되기 쉽다. SNS에 올라간 화려한 사진 한 장을 1초 동안 살펴보고 타인의 삶을 파악해 버리는 건 너무 간단하다. 반면 내 인생은 더없이 입체적이고 복잡하며 불운해 보이기까지 한다. 초라하고 괴롭고 자질구레한 장면까지 합쳐 24시간 CCTV 보듯이 눈앞에서 펼쳐지니까.

가령 큰돈을 벌었다는 동기 동창 이야기를 들을 때 나는 친구의 경제적 소득이나 자산을 바탕으로 그의 삶을 유추했다. 유명 인플루언서라는 지인 이야기를 들으면 팔로워 숫자에 집중해 그의 사랑받는 인생을 동경했다. 큰돈을 번 친구가 감수해야 했던 리스크나 팔로워를 늘리기 위해 지인이 들였을 노력에 대해서 길게 생각해 본 적은 없었다. 주변인의 화려한 SNS 사진과 내 CCTV 중에서도 가장 초라한 장면을 비교하고 분석하며 괴로움에 빠졌던 셈이다. 타인의 삶도 내 삶만큼 입체적으로 고단하고 울퉁불퉁하다는 사실을 깨닫고 나니, 이상하게도 비교하는 마음이 조금 줄었다.

나만의 독자적인 트랙 갖기

마음속 괴로움을 줄이기 위해 남들과 비교 불가능한 독자적인 트랙을 하나 만드는 것도 괜찮은 방법이다. 세상의 수많은 비교와 타인의 시선 속에서도 평정심을 지켜나가는 이들이 있다. 이들은 숫자로 비교할 수 없는 나만의 시선과 삶의 방식을 가지고 있다. 취미든 특기든 독특한 생각이든 나만의 세계가 확실히 서 있는 이들, 삶의 단단한 기둥을 지닌 이들이 있다. 이들 역시 부러움과 질투의 태풍이 몰아치면 흔들리겠지만, 그 여파가 오래 가지 않는다는 특징이 있다.

아무런 근거도 없이 "나는 나만의 소소한 행복이 있어. 나는 삶에 감사하니까 세상 그 누구도 부럽지 않아"라며 자신을 속이는 말만 반복하는 건 큰 효과를 보기 어렵다. 내면의 행복이나 자신감도, 구체적인 '행동'이나 '자율적 선택'이라는 증거가 있어야 자연스럽게 믿을 수 있다. 예를 들어 매일 기타를 연습하며 한 곡을 훌륭하게 연주해 보거나, 하루하루 일정한 거리를 채우며 달리는 일은 누군가와 비교하지 않고도 스스로 성취해낼 수 있는 것들이다. 별 일 아닌 것 같아도 이런 일이 반복되면 스스로가 괜찮아 보이는 시점이 온다. 이런 경험이 모여 나만의 자신감이 되고, 단단한 기둥도 될 수 있다. 특히 등수나 성취도를 따지기 어려운 분야일수록 자신감을 쌓기 좋다. 열등감이나 질투에서 상대적으로 자유롭기 때문이다. 어제의 나와 오늘의 나, 내일의 나와 비교해 하루하루 나아질 수 있는 일이 있다면 마음의 평안도 그리 먼일이 아니다.

이제는 다른 사람의 좋은 소식을 들었을 때 속으로 생각한다. '그래도 나한테는 대체불가한 내 트랙이 있으니까.' 스스로를 믿을 구석이 하나라도 있다면, 더구나 그 길이 남들과 비교하기 어려운 일이라면 자존감의 든든한 뒷배가 된다. 내가 가진 명품 가방의 개수나 연봉, 보유한 아파트나 주식 가격 등으로 비교하다 보면 한결같이 '지는 게임'의 패자가 되기 쉽다. 어딘가는 나보다 잘난 이가 한 명이라도 존재하게 마련이니까. 남들에게 질 필요도 없고 이길 필요도 없는 나만의 세계를 쌓아놓으면 자괴감에서 벗어나기 수월해진다.

타인의 좋은 소식에 우울해질 때, 열등감에 사로

잡힌 바보라고 스스로를 탓하지 말자. 비교에 흔들리지 않고 연연하지 않는 것도 인간인 이상 어렵다. 다만 "내 길을 가는 사람은 누구와도 만나지 않는다"는 니체의 말 정도는 기억하자. 차별화된 나만의 길을 걸어가는 사람은 옆길을 흘긋거릴 여유가 없다.

소소하게 망해도 괜찮아

눈물로 깨어났던 새벽 5시의 기억

새벽 5시에 울면서 시험공부를 한 기억이 있다. 고등학교 시절의 이야기다. 당장 다음 날 아침 9시부터 영어 독해 시험이 시작인데 공부를 해야겠다 마음먹은 시점은 정확히 전날 밤 9시였다. 그 시점까지 교과서를 한 번도 들춰보지 않은 상태였다. 심지어 수업시간에 받았던 프린트조차 불성실한 정리 정돈 습관으로 찾을 수 없는 상태였다. 분명 시험 열흘 전부터 영어 공부를 해야겠다고 마음먹었는데 교과서도 한 번 훑지 못한 상태로 시험 전날을 맞이했다.

게으른 나에게 저주를 퍼부으며 교과서를 읽기 시작하는데, 갑자기 졸음이 밀려왔다. 머릿속에 작은 아이디어가 스쳤다. 네 시간 정도 잠을 잔 후, 시험까지 남은 일고여덟 시간 정도에 집중과 몰입을 쏟아부으면 모든 일이 잘 될 것 같다는 발상. 근거 없는 자신감에 가득 찬 논리지만, 당시로서는 꽤나 합리적인 생각으로 느껴졌다.

결국 이 비합리적인 생각을 믿으며 잠이 들었다. 꿈나라에서 현실로 돌아온 시간은 새벽 5시였다. 창밖으로 해가 환히 떠오르고 있었다. 교과서를 들추며 막막함에 울음을 터트렸다. 대책 없이 잠들어버린 지난밤의 나를 한껏 원망하면서.

게으름과 벼락치기의 패턴

특별한 일화는 아니다. 인생의 구간마다 게으름과 벼락치기의 순간이 있었다. 미루기의 과정은 늘 비슷한 패턴으로 반복됐다. 처음에는 내게 주어진 임무를 완벽하게 끝내야만 한다는 의무감이 머릿속에 그득했다. 과업 수행에 대한 목표치도 높았다. 보고서를 써야 한다면, 내가 상상할 수 있는 가장 완벽한 형태의 치밀하고 논리정연한 리포트를 머릿속에 떠올린다. 시험공부의 시작 시점에는 교과서와 참고서를 달달 외워 완벽하게 숙지한 상태를 상상했다.

한달음에 완벽한 목표를 달성하고픈 욕구가 샘솟았다. 순간 이동 능력을 가진 초능력자처럼 높은 고지로 한걸음에 내달리고 싶었다. 문제는 갈 길이 한없이 멀었다는 사실이다. 일단 목표를 수행하려면 허술한 보고서 초안을 적는 단계를 견뎌야 하며, 머릿속이 백지인 채 교과서 첫 장을 읽는 나를 참고 봐줘야 했다. 목표치에 비해 현실 속 나는 초라하기 짝이 없었다. 상상과 현실의 간극이 지나칠 정도로 크다 느껴지면 내면의 대화마저 시작되었다. '이렇게 한다고 과연 목표를 달성할 수 있을까?' '이런 걸 하는 게 내 인생에 어떤 의미가 있지?'라는 회의감이 샘솟았다. '시험을 세 시간 남기고 시작하면 단기간에 집중력이 극대화되어 강력한 효과를 내지 않을까?' 식의 근거 없는 자신감이 생길 때도 있었다.

소크라테스 급 문답법을 홀로 주고받다 보면 회피 욕구가 고개를 쳐들었다. 괴로운 현실을 받아들이기 싫을 때면 가상의 세계가 두 팔 벌려 나를 환영하고 있었다. 게임, TV 시청, SNS 훑기 등 도망갈 수 있는 낙원이라면 끝도 없이 많았다. 물론 다른 차원의 세계로 도망가 정신을 잃을 때도 찜찜함은 마음 한구석을 맴돌았다.

한창 가상의 세계로 도피해 있어도 결국 현실의 스위치가 켜지는 순간이 찾아온다. 허겁지겁 현실로 돌아오면 마감을 앞둔 일이 게으름을 피운 시간만큼 켜켜이 쌓여 있었다. 보고서 마감이 하루 이틀 정도 남아 있거나, 시험이 세 시간 정도 남아 있는 시점에는 과업을 바라보는 동시에 도망치고 싶은 마음도 다시 살아났다. 그렇게 미루기의 악순환은 반복되었고, 그 속에서 나는 죄책감과 괴로움의 몸부림을 반복했다. 대략 30년 이상 이런 과정을 반복하며 살았다. 어느새 미루기와 벼락치기의 달인이 되어 있었다.

미루기를 미루는 방법

미루기를 극복할 방법의 힌트를 얻은 건 토크쇼였다. 전 국가대표 박지성 선수가 〈대화의 희열〉에서 자신의 슬럼프 극복 방법을 털어놓고 있었다. 놀랍게도 이 프리미어 리거는 가장 힘든 순간 자신을 칭찬하는 너그러움을 꺼내들었다고 한다. 슬럼프 당시에는 5미터 앞으로 공을 차서 패스한 정도라도 스스로에게 "잘했어! 거봐, 할 수 있잖아"라는 칭찬을 아끼지 않았다는 것이다. 축구 선수에게 어찌 보면 당연할 수 있는 사소한 패스에도 스스로를 격려하며 한발한발 나아갔다는 이야기에 알 수 없는 뭉클함이 밀려 왔다. 깨달음도 얻었다. 자신에게 너그럽지 못한 말을 쏟아부었기에 나는 게으른 완벽주의자로 머물러 있었다.

마음속 이상향이 늘 높았던 나였다. 특정한 목표에 도달해야 진정한 성공이라 생각했고, 큰 걸음으로 성공을 이루어야 스스로를 칭찬받을 만한 사람이라 여겼다. 고지에 이르지 못할 것 같으면 자기 비난을 반복하며 아무것도 못한 나를 탓하는 일을 거듭했다. 그 과정에서 에너지를 많이 소모했다. 작고 사소한 단계를 밟은 나를 칭찬해준 기억은 없다. 한달음에 성공을 이룰 만한 완벽한 상태와 타이밍만 찾다가 아예 시작도 못한 날이 많았다.

깨달음을 얻은 후엔 일하는 방식을 바꾸었다. 보고서를 작성해야 한다면 초안을 대충이라도 써보자 마음

먹는다. 여기서 가장 중요한 키워드는 초안이나 보고서 작성 따위가 아니다. '대충'이라는 단어다. 형편없는 초안을 작성해도 그것이라도 해낸 나를 칭찬한다. 불완전해도 무엇이라도 해낸 나를 너그럽게 여겨준다.

시작의 단계를 거친 후 한 번만 더 수정을 해보자고 스스로에게 권유한다. 한 번 해내면 또다시 칭찬해준다. 이렇게 '작은 과업 수행 – 스스로 칭찬 – 과업 수행 – 스스로 칭찬'의 단계를 밟는다. 나 자신을 칭찬하고 달래가며 한 걸음씩 전진하다 보면, 어느새 보고서 완성의 단계까지 가 있었다. 작은 스텝을 밟는 방법을 조심스레 익히는 것이다.

이렇게 과업을 수행하는 과정에서 버려야 할 것은 머릿속 엄격함이다. 벼락치기의 달인이었던 시절, 나는 일을 할 때 한 번에, 끝내주게 멋진 상태로 과업을 수행한다는 원칙을 가지고 있었다. 이 원칙의 밑바탕에는 '완벽한 상태로 멋지게 과업을 수행하지 않으면 나는 실패한 인간'이라는 생각도 숨어 있었다. '흥 – 망'이라는 극단적 생각을 거듭했기에, 아예 시작도 못 한 경우가 많았다.

미국의 자기계발 트레이너 닐 피오레Neil Fiore는 《나우》라는 책에서 미루지 않고 무언가를 해내는 사람들의 사고방식을 전한다. 실행력이 뛰어난 이들은 "반드시 끝내야 한다"거나 "이 일은 너무 크고 중요한 일이다", "나는 반드시 완벽해야 한다"는 방식으로 내면의 대화를 하지 않는다. 대신 "언제 시작할까?", "나는 실수도 할 수 있는 평범한 인간이다", "하나씩 차근차근 하면 된다" 정도의 말로 스스로를 달랜다는 것이다. 극단적이고 엄격한 마음속 말을 줄이면 무언가를 시작하기도 쉬워진다.

생각이 여러 방향으로 뻗치기 전에 재빨리 작은 행동을 할 필요도 있다. 나는 내면의 대화를 끊임없이 이어가는 유형이다. 작은 행동을 실행하기 전에 머릿속 생각이 폭주해 시작조차 못 한 경우가 많았다. 시험공부 시간마다 '열심히 해도 시험을 망친다면 어떻게 해야 하지?', '지금 하는 공부가 내 인생에 어떤 의미가 있을까?', '공부도 하지 않는 너는 역시 의지력 부족의 대표적 유형이야' 등의 생각을 하며 시간을 보냈다. 가장 큰 방해꾼은 내 머릿속에 있음을 깨달았다. 행동의 의미를 찾아 헤매느니 "15분 동안 한 번 글을 써보고 쉬자", "오늘은 이 범위까지만 하자" 식으로 구체적인 행동 지침 사항을 스스로에게 알려주는 편이 낫다.

완벽주의라는 기질을 타고난 이상 마음에 들지 않

는다는 이유로 내다 버릴 수는 없다. 기질이란 건 평생을 함께 가야 할 친구 같은 것이니까. 대신 그 힘을 제대로 발휘할 시점에 꺼내놓아도 좋다. 과업 수행의 막바지 단계에서는 완벽주의도 도움이 된다. 일이나 공부의 첫 단계에서는 대충이라는 말을 염두에 두고 일단 시작부터 한다. 불완전한 나를 견디며 초안을 작성하고, 교과서를 한 번 훑는 과정을 거친 다음, 마지막 단계에서 잘 하고 싶은 욕구를 꺼내 들면 된다. 세밀하게 내가 해온 일을 검토하고 살펴보는 데 완벽주의만큼 도움이 되는 건 없다.

나는 1년 반 이상 온라인 콘텐츠 사이트 브런치에 매주 한 번 글을 올리는 중이다. 사람들은 가끔 나에게 어떻게 글을 규칙적으로 발행할 수 있는지 묻는다. 한 가지 원칙이 있다. 글쓰기의 시작 단계, 아무런 활자도 적지 못한 흰색 공백을 마주할 때 "완벽한 글을 써야 해", "잘 써야 해"라는 식의 이야기를 스스로에게 건네지 않는다. 나는 글쓰기 딥러닝을 마친 인공지능도 아니고 헤밍웨이 급의 천재 작가도 아니다(심지어 헤밍웨이도 초안은 쓰레기라고 말했다). 그냥 평범한 사람이다. 매주 오탈자 하나 없고 매끄러운 글을 완성해 독자를 만족시킬 수는 없는 건 어찌 보면 당연하다. 엄격한 원칙과 기준을 버리고 무조건 시작부터 한다. 매주 글을 온라인에 발행하기만 하면 스스로에게 칭찬 세례를 퍼붓는다. 뭐라도 해낸 나를 기특하게 여겨줘야, 응원을 받은 자아가 힘을 받아 다음 단계를 밟아갈 수 있다.

우리는 가끔 거창한 목표를 이루어야만 한다는 압박감에 시달린다. 결과적으로 스스로에게 소소하게 망할 권리를 내어주지 않는다. 거창한 결과로 나를 증명해야 한다는 생각, 나는 완벽해야 한다는 강박관념은 커다란 좌절을 불러올 수 있다. 차라리 내가 할 수 있는 일을 작은 행위로 잘게 쪼개자. 소기의 목표를 달성하면 칭찬을 좀 퍼부어 줘도 괜찮다. 기준치의 절반만 성공했더라도 내 머리를 쓰다듬어 주자. 작은 실패 정도는 괜찮다고 말해주자. 소소하게 망했다고 인생이 끝나는 건 아니니까.

2장

조금 달라도 괜찮다

예민하다는
지적에
예민해진 날

"너 좀 예민한 것 아니야?"

누군가를 만나 늘 마음이 편안할 수는 없다. 상대가 무례한 말을 던지거나 나의 기분을 헤아리지 않을 때 마음이 불편해졌다. 참다 참다 못해 불편함을 내비쳤을 때 상대에게 돌아오는 답은 다양했지만, 치명타가 된 말은 주로 하나였다. "너 좀 예민한 거 아니니?"

어릴 적 나는 예민하고 까탈스러운 아이가 맞았다. 쉽게 상처받는 아이이기도 했다. 편식이 심해서 익숙한 음식 네다섯 가지 사이에서만 끼니를 해결하는 건 일상이었고, 공포에 떨며 에스컬레이터 타기를 거부해 엄마를 난감하게 했다. 육아를 경험해 본 지금은 짐작할 수 있다. 양육자에게 있어 예민한 아이를 기르는 건 가시방석 위에 앉아 있는 일과 비슷하다. 초조함이 일상처럼 이어진다. 작은 자극에도 힘들어하는 아이를 달래고 적절히 대처할 준비 태세를 갖춰야 하니까.

까다로운 나 때문에 얼마나 주변 사람들이 고생했는지 어릴 때부터 익히 들어왔다. 덕분에 예민한 건 '나쁜 특성'이라 여겼다. 철이 좀 든 시기부터 무던해지기 위해 끊임없이 노력했다. 남들과 다르지 않게 적당히 묻혀 사는 걸 인생의 목표로 삼을 정도였다. 수더분한 이미지와 허허실실 웃는 얼굴이 내 트레이드 마크였다.

특히 가까운 사람에게도 부정적 감정을 쉽게 꺼내놓지 않았다. 대화 분위기 역시 내가 맞추는 방향으로 갔다. 어릴 때의 모습이 불쑥불쑥 튀어나오는 순간도 있었으나, 사회생활을 할 때는 대체로 불평 없고 예민하지 않은 사람으로 평가받았다. 그만큼 나의 기질을 많이 숨겼다는 이야기다.

그럼에도 오랜 노력의 여정이 원점으로 돌아가는 순간이 있었다. 배우자나 지인에게 유난스럽다는 판정을 받는 때였다. 주로 상대방의 태도나 말투가 불편해

이를 지적하거나, 나를 힘들게 했던 상황에 대해 털어놓은 후에 돌아온 말이었다. "다른 사람들은 모두 참는 불편을 왜 너는 참지 않니?" 상대방은 간단한 논리로 예민한 네가 문제라고 판정을 내렸다. 20년 이상 예민하지 않은 사람으로 살기 위해 노력해 왔는데, 예민하다는 말을 들으니 당황스러웠다.

예민하다는 지적의 파급력

예민하다는 평에 당황스럽기도 했으나, 근본적으로는 불편했다. 나라는 존재가 거부당하는 느낌이 들었다. 내 기질이 실제로 예민하다는 것, 이유는 그것뿐이었을까. 깊이 생각해 보면 원인은 그것만이 아니었다.

누군가가 상대에 대한 마음의 불편함을 털어놓는 경우, 원하는 건 둘 중 하나다. 나의 마음을 알아달라는 공감 또는 상대방의 사과다. 그러나 고심하여 꺼낸 이 말에 "네가 너무 예민한 것 아니야?"라는 말로 모든 걸 퉁치는 사람들이 존재한다.

자세히 살펴보면 이 말의 초점은 우리의 '예민함'에 있지 않다. 자신의 잘못이나 무례함을 인정하기 싫기에 모든 것을 상대방의 예민함 탓으로 여기는 '책임 돌리기'에 있었다.

이 말속에 숨은 의미를 두 가지로 나누어 생각할 수 있다.

- 네가 지금 느끼는 생각이나 감정은 '너의 예민함'이라는 기질과 성격 때문이다. 즉 네 감정은 옳은 것이 아니다.
- 나는 자주 불편해하는 너의 감정이나 의견을 받아들이고 싶지 않다.

위의 두 가지 숨은 의미 때문에 "네가 예민한 거야"라는 말의 파급력은 어마어마하다. 나의 예민함을 탓하는 사람에게 "아니야, 내 불편한 감정이 맞다고!" 소리 지르며 대항할 수 있는 사람은 그리 많지 않다. 특히 상대를 배려할수록, 감정을 잘 내비치지 못하는 사람일수록 마음에 혼란의 파동이 일어난다.

예민하다는 말을 들은 사람은 마음속 깊은 외로움을 느낀다. 인간은 대개 대화를 하며 타인의 공감으로부터 안정감을 얻고, 깊은 연대감을 느끼고 싶어한다. 내 마음을 누군가 그대로 알아준다는 것만으로도 외로움은 덜어진다. 반대로 어렵게 토로한 감정이 받아들여지지 못하고 나의 예민함을 탓하는 경우, 공감의 기회는 날아가 버린다. 더불어 이 말을 듣는 사람은 마음에 외로움과 공허감을 쌓아간다.

자신이 잘못했음에도 상대방의 예민함을 탓하는 이들은 타인의 감정이 진실로 어떠한지 알고 싶어하지 않는 경우가 많다. 남들이 자신에게 부정적 감정을 털어놓는 상황 자체를 두려워하고 부담스러워한다. 본인의 잘못에 대해 사과를 해야 하는 상황 역시 피하길 원한다. 불편하고 어색한 상황을 피하고 자신의 책임감을 덜기 위해 상대방에게 예민하다는 평가를 내리는 경우가 많다.

예민하다고 평가를 지속적으로 받는 사람은 어떤 감정에 휩싸일까. 자신의 감정이 맞는 건지 확신하지 못하고, 스스로에 대한 의심이 짙어져 간다. 특히 타인의 생각에 민감한 사람일수록 이런 문제가 심해진다. 내가 정말 예민한 것인지, 남들은 별거 아닌 듯 받아들이는 일을 나만 문제로 느끼는 것 아닌지 머릿속 물음표가 한가득 차게 마련이다.

자신의 감정에 의문이 생기니 부정적인 감정을 느끼면 상대에게 이를 숨기기 시작한다. 마음이 불편하면 내가 예민한 탓에 그렇게 느끼는 것이라 여기기 때문이다. 불편한 감정을 숨기는 데 에너지가 소진된다. 결과적으로 쉽게 지치고 인간관계가 힘들어진다.

예민한 건 누구의 잘못도 아니다

"네가 좀 예민한 것 같아"라는 말 속 예민함은 실제의 예민함과는 의미가 다르다. 상대방의 예민함을 탓하는 사람의 말속에는 '아무것도 아닌 일을 확대해석하는 네가 문제'라는 생각이 담겨 있다. 자신의 잘못이나 무례함을 인정하기 싫고 사과하고 싶지도 않은 사람들이 이런 말을 비장의 카드로 꺼내는 일이 많다. 이 말을 쉽게 하는 상대방의 태도는 무례함에 가깝다.

예민하다는 말을 듣는다면 무턱대고 나를 탓하지 말자. 내가 상식적인 사람이고, 불편한 감정이 진실이라면 자기 확신이 흔들릴 필요는 없다.

"나의 예민함이 문제가 아니라, 너의 무례함이 문제야."

무례한 상대에게, 나의 감정을 무시하고 쳐내는 상

대에게 위의 간단한 말을 건네주자. 입 밖으로 내뱉지 못한다면 마음속으로라도.

따뜻한 오지랖을 부리는 착한 오지라퍼

가끔 대화가 소통이 아니라 공격과 방어의 연속이라 느껴질 때가 있다. 지인 B, C와 만나 나눈 대화가 그랬다. 그날의 주제는 서울살이였다. 지방에서만 살아온 B라는 동생이 한 번쯤 서울에서 살아보고 싶다는 희망을 밝히며 이야기가 시작되었다. 대화의 양상은 주로 서울에 살고 싶다는 B의 소망과 이러한 소망이 부질없다는 C의 만류로 이어졌다.

가령 B가 서울에 살면서 대도시의 지하철을 타보고, 인프라를 누리고 싶다 말하면, C는 서울의 복잡함과 지저분함, 붐비는 지하철의 고단함을 꺼내들며 만류했다. B가 서울의 맛집 투어에 대한 기대를 드러내면, C는 서울의 맛집은 특별한 것 없다는 논리를 방패로 삼았다.

서울에 살아본 C는 B의 희망을 다소 어리석은 것으로 취급하며 "네가 뭘 모르는 것이다"라는 식의 이야기를 이어나갔다. 가만히 듣고 있던 나는 제3자라서 중간에 한 마디도 끼어들 수 없었다. 아슬아슬한 대화의 분위기에 입도 떼지 못했다.

C는 서울에서 오랫동안 거주한 사람이었고, 경험해본 바 서울 생활이 맞지 않는 사람이었을 것이다. B의 희망을 만류한 이유를 짐작할 수 있었다. C는 따뜻하고 좋은 사람이었다. 그는 상대를 아끼는 마음으로 서울 생활에 대한 조언을 꺼내 든 것이었다. 그러나 그 따뜻하고 선량한 사람의 조언을 들으며 어딘가 찝찝했다.

착한 사람도 오지라퍼가 될 때

모든 사람은 살아가면서 경험을 통해 자신만의 진리를 쌓아간다. 나이를 먹을수록 자신만의 경험치로 터득한 진리의 조각이 쌓이고, 머릿속에는 일정한 사고방식의 틀이 자리 잡는다. 그 틀 안에서 사람들은 자신이 했던 경험이 스스로에게 유익했는지 아닌지 판단한다. 여기까지는 아무런 문제가 없다.

그러나 여기서 한 발짝 더 나아가, 자신이 터득한 삶의 방식을 상대방의 의지와 상관없이 강요하게 되면 소통에 문제가 생긴다. 우리가 흔히 오지랖이라 부르는 상황이 펼쳐지는 것이다. 오지랖이 우리 사회에 만연한 이유는 무엇 때문일까를 생각해 보곤 하는데 가끔 오지랖의 밑바닥에서 '나와 그는 균질한 타입의 인간'이라 여기는 착각을 발견한다.

특히 친한 사람에게 '너와 내가 비슷한 종류의 사람'이라는 착각을 품는 경우가 많다. 같은 집단 안에 속해 있거나 친밀한 관계에 놓여 있으니 우리는 비슷한 욕구와 삶의 태도를 가진 사람이라고 여기는 것이다. 이런 사고를 밑바탕에 깔고, 동일한 경험을 하면 상대도 동일한 느낌과 의견을 가질 것이라 지레짐작한다.

가령 결혼이라는 경험을 한 다른 사람도 나와 비슷한 생각을 하게 될 것이라 간주한다. 그래서 자신의 경험을 토대로 결혼을 하라거나 하지 말라며 상대방이 요구하지 않은 조언을 끊임없이 하는 경우가 많다.

비경험자에게 경험자의 조언은 도움이 되기도 한다. 그러나 이따금 부작용도 생긴다. 동일한 경험을 하고 나서 남들과 판단 기준이 다를 때다. 사람들 대다수가 똑같은 경험을 해서 행복하다고 하는데, 나만 행복하지 않을 경우 당황과 불안이 찾아온다.

'남들이 전부 행복하다고 하는 경험을 했는데, 나는 왜 행복하지 못한 거야? 나 부적응자야?' 머릿속에 의문 부호가 쌓이기 쉽다. 대다수가 좋아하는 X라는 경험을 하면 남들과 똑같이 적응하고 행복해야 한다는 생각 때문이다. 동일한 느낌과 의견 속으로 들어가야 한다는 강요가 담긴 오지랖은, 그래서 때때로 우리를 외롭게 만든다. 타인의 삶에 대한 간섭은 존재하나, 상대를 이해하려는 노력은 부재하기 때문이다.

케바케 사바사의 힘

《예민함이라는 무기》를 쓴 저자이자 상담 전문가 롤프 젤린Rolf Sellin에 따르면 민감한 사람들의 경우, 타인의 생각과 견해를 쉽게 받아들이는 경향이 있다. 예민한 사람들은 보통 사람들보다 세밀하고 깊게 생각하며 자연스럽게 다른 사람의 생각에 감정이입을 할 뿐만 아니라 열린 마음으로 타인의 생각을 받아들이는 편이다. 이 특성이 장점으로 작용할 때도 있지만 단점으로 둔갑하는 순간도 있다. 타인의 입장이나 시각, 사고 등에 몰입되어 나를 잃어버리는 경우가 많기 때문이다. 타인의 생각에 함몰되어 스스로를 부적응자로 느끼는 경우도 많다.

상대방을 위하는 이타적인 사람들, 선의로 가득 찬 이들도 오지라퍼가 될 수 있다. "라떼는 노오력 했는데 말이야" 식의 화법을 되짚어 보자. 이런 화법은 상대방의 우위에 서려는 의도에서 비롯될 때도 많지만, 늘 그렇지는 않다. 상대에 대한 애정이나 염려를 바탕으로, 선의를 담고 말하는 오지랖도 가끔 존재한다.

그러나 따뜻한 오지랖에도 한 가지 문제가 있음을 기억해야 한다. '내가 그 길을 걸어봐서 정답을 아는데, 그 정답이 너에게도 통용될 거야'라는 사고방식이다. 모두에게 통용되는 절대적인 진리가 있을까? 앞선 대화에서 B와 C는 근본적으로 다른 사람이다. 친한 사이이지만 뜯어보면 취향도, 사고방식도 다르다. 동일한 경험을 해도 다른 생각을 할 가능성이 존재한다.

몇 년 전 나온 신조어 중에 '케바케 사바사'라는 말이 있다. '케이스 바이 케이스, 사람 바이 사람'의 준말인데, 경우에 따라 혹은 사람에 따라 다르다는 뜻이다. 세상의 많은 경험이나 진리는 상황과 사람 등 수많은 요소에 따라 달라진다. 모든 사람의 경험과 느낌에는 보편성이 존재하나, 개인의 고유성과 개별성이라는 것이 존재하기 때문이다. 타인에게 피해를 입히지 않는 이상 건드릴 수 없는, 한 개인이 오롯이 발을 걸치고 있는 영역이 있다.

인생의 기출문제집은 사람마다 제각기 다르다

앞선 대화로 돌아가서 C처럼 자신의 의견을 계속 이야기하는 사람에게 어떻게 반응해야 할까? 내 답이 유일무이한 정답이라 밀어붙이는 사람들에게 "네 답을 강요하지 마"라고 말하며 언쟁을 벌이는 건 부질없는 일일지도 모른다. 그들은 이미 삶의 기출문제를 풀어봤고, 나는 그 정답을 알고 있다는 믿음을 굳게 가지고 있다. 게다가 우리는 일정한 사고방식의 틀을 가진 성인의 사고방식은 쉽게 바꾸기 어려움을 이미 잘 안다.

우리가 할 수 있는 건 단순한 행동이다. 오지라퍼들의 이야기에 지나치게 감정이입하거나 깊이 있게 공감하지 않는 것이다. 때때로 그들이 내뱉는 조언이 그들만의 정답이라는 생각을 가끔 상기시켜 줄 필요도 있다. 가령 앞선 일화에서 C의 서울살이 조언에는 다음과 같이 이야기를 해줄 수 있다.

"아! 서울살이가 너한테는 그랬구나. 너의 경우 북적대는 걸 참 싫어하니 말이야. 네 스타일에는 서울이 너무 각박하게 느껴졌을 수도 있겠다. 그런데 내 스타일은 말이야…"

너의 진리는 '너에 한정해서'라는 사실을 고지해 줄 필요가 있다. 상대방도 나쁜 의도에서 이런 말을 하는 것은 아니니, 오지랖의 정도가 심하지 않다면 '네 조언은 너에게 맞는 진리'임을 알려주는 정도가 바람직하다. 물론 오지랖의 정도가 심각하다면 "내가 알아서 할게"가 최고의 답이지만.

중요한 것은 그 사람의 착한 오지랖이 아니다. 그 말에 당신의 정답이 흔들리거나 불편한 감정을 갖지 않는 것이 중요하다. '재는 정답이 A라는데 A라는 정답이 불편한 내가 이상한 사람인가? 나 부적응자인가' 식의 생각에 함몰될 필요가 없다. 오지라퍼의 조언은 대부분 그 사람만의 진리요, 답이다.

인생의 기출문제집이 존재할 수도 있다. 다만 적용할 수 있는 문제는 사람마다 다를 수 있다. 세상 공통의 기출문제집은 없다. 문제도 다르고 정답도 각기 다르기 때문이다. 남의 조언을 전부 귓등으로 듣고 흘려버리자는 이야기가 아니다. 당신이 원할 때 다른 사람 답을 보고 참고를 할 수 있겠지만, 베낄 필요는 없다는 이야기다. 당신의 기출문제집은 당신 앞에 단 한 권 있을 뿐이니.

타인의 마음

남편과 연애하던 시절, 그러니까 남편이 남친이던 머나먼 옛날의 일이다. 홍대 주변 거리에서 데이트하던 도중 남자친구의 어두운 표정을 발견했다. 연애 3개월 차에 불과해, 서로의 활짝 웃는 얼굴만 알고 있을 때였다. 남편의 그늘진 안색과 표정을 흘긋거리며 눈치를 살폈다. 상대의 기분과 그날 식사했던 곳의 분위기를 분석했다. 그날 내가 꺼냈던 수많은 주제 중 무엇이 그의 기분을 불편하게 만든 건지, 좋지 않은 표정의 이유를 직접적으로 묻지 못했다. 별다른 증거가 없으니

뾰족한 답을 찾아내지 못했고, 늘 그렇듯 나의 행동 중 무언가가 원인일 것이라는 결론에 다다랐다. 결론이 나자 서운함이 자리 잡기 시작했다. '아니, 내가 뭘 잘못했다고 기분 나빠하는 거지?'

몇 달 후 그날의 이야기가 우연히 화제로 오른 적이 있다. 우리의 심리적 거리가 한 뼘 정도 좁혀진 후였다. 그날 남편을 어둡게 만든 원인은 대화도, 내 행동도 아니었다. 범인은 복통이었다. 연애 초반이라 남편이 자신의 아픔을 구구절절 털어놓지 못했을 뿐이었다. 내 머릿속 탐정이 완벽하게 틀렸음을 깨달았다. 이유도 모른 채 남편에게 서운함을 품었던 게 미안해졌다.

대화 도중 누군가의 표정이 좋지 않거나 흐름이 막힐 때 원인을 백만 가지쯤 추측해 보는 버릇이 있었다. 내 마음을 몰라주는 상대를 탓하며 필요 이상으로 울컥하던 순간도 있었다. 특히 관계 유지를 위해 고군분투한 상황일수록 서운함이 밀려오고는 했다.

좀처럼 통제할 수 없는 당신의 마음

일상생활을 할 때, 상황이 어긋난 원인을 자꾸 찾고

있었을까? 미국의 심리학자 엘렌 랭어Ellen Langer는 '통제의 환상'을 이야기한 바 있다. 그에 따르면 사람들은 현실적으로 제어 불가능한 걸 통제할 수 있다고 믿는 경향이 있다. 매주 로또 번호를 선택해 사는 사람이 그 예다. 로또에 당첨될 확률은 현실적으로 매우 낮다. 그럼에도 불구하고 로또 번호를 선택할 수 있으니 당첨 확률이 올라갈 것이라고 생각하곤 한다. 반대로 어떤 현상이 일어났을 때는 그 원인을 갖가지로 따져본다. 만약 나에게 운수 나쁜 일이 일어났다면 엉뚱하게도 어젯밤 꿈자리가 사나워 이런 일이 생겼다고 원인을 특정하게 된다.

나 역시 어떤 시점까지는 세상의 모든 일이 '특정한 원인-결과'로 일어난다고 믿었다. 인간관계에 대한 생각도 비슷했다. 상대방에게 친절하게 대하면서 상대도 나에게 친절을 되돌려 줄 거라는 기대를 가지며 살았다. 상대가 나에게 뜨뜻미지근하게 반응하거나 무례한 행동을 보이면, 원인이 반드시 존재한다고 생각했다. 내 경우에는 그 원인을 주로 스스로에게 찾는 편이었다. 내가 잘못해서, 상대가 나를 마음에 들지 않아해서 그랬다고 판단한 뒤 자책하거나 상대에게 울컥하는 일을 반복했다.

고등학교 때 잠깐 친하던 친구와 멀어진 적이 있었다. 중학교 시절부터 한 반이었고 가까웠다. 고등학교에 입학한 이후 줄곧 그 친구와 단 둘이 다니던 사이였는데, 그 시기쯤 친구는 이른 바 '노는 아이들' 무리와 가까이 지내고 싶어 했다. 그리고 바람대로 친구는 노는 친구들 무리들과 어울리기 시작했다. 나에게 미안하다며 멋쩍은 사과를 건넨 후였다.

학급에서 따돌림을 당한 건 아니었으나 의도치 않게 몇 달간 외톨이로 지냈다. 가장 민망한 순간은 수업 시간이 아니었다. 체육시간에 운동장으로 이동하거나 과제를 위한 조를 짜는 찰나였다. 교실에서 아이들과 섞여 있을 때는 티가 나지 않지만, 애매한 순간에는 혼자임을 실감했다. 혼자가 아니라는 걸 증명하기 위해 애써야 하는 시간은 여러모로 비참했다. 당시에는 "내가 무얼 잘못한 거지?", "그 친구가 기분 나쁠 만한 행동을 내가 한 건가?" 분석하고 이유를 따져가며 괴로워했다. 그러나 되돌아보니 치명적인 이유는 없었다. 그 친구의 성향은 나와 달랐고 우리는 자연스럽게 멀어지는 시기를 거쳤을 뿐이었다.

우리가 마음대로 할 수 없는데, 통제할 수 있다고 착

각하는 것 중 으뜸은 '타인의 마음'이다. 세상의 많은 일은 여러 가지 원인이 복합적으로 나타나며 흘러간다. 특히 사람의 마음은 시시때때로 변화하는 것이라, 인간관계에서는 원인과 결과가 명확히 성립하지 않는 일이 자주 벌어진다. 노력한 만큼 결과가 나타나지 않는 일은 수없이 많다.

대화의 흐름도 마찬가지다. 어떤 날은 우연찮게도 대화가 좋지 않은 구멍으로 빠질 수 있고, 서로의 상황이 맞물려 관계가 소원해질 수 있다. 그래서 관계의 양상이나 대화의 흐름을 섣불리 판단하거나 원인을 따지지 않고 흘러가도록 내버려 두는 게 나은 경우도 있다. 특정한 상황의 원인을 찾아내며 머릿속을 헤집어 봤자 마음만 힘들어질 수 있기 때문이다.

특히 친구나 가족, 지인의 반응이 뜨뜻미지근할 때는 성급한 판단은 보류하는 게 좋지 않을까. '내가 그렇게 노력했는데 왜 몰라줄까', '저 사람은 내가 왜 그런 말을 했는데도 마음을 바꾸지 않을까' 머릿속으로 질문을 던져도 서운함만 가중된다. 타인의 마음은 그 사람의 성장배경, 둘러싼 환경, 자신도 통제 못 할 욕구 등이 종합적으로 모여 만들어진다. 그 사람의 행동 하나하나를 분석하고 '잘해줬는데 나한테 왜 그래'라고 내멋대로 생각하다 서운한 마음으로 옮겨가기 전에, 기대감을 한 스푼 내려놓는 것도 방법이다. 모든 사람이 내 마음을 알아주지는 않으며 인풋과 아웃풋이 비례하지 않는 게 인간관계다. 복합적인 상황이나 애매한 관계, 내 기대와 다르게 움직이지 않는 상대의 마음을 내가 모두 통제할 수 없다. 사람 간의 관계에 최선을 다하되, 내 노력에 대한 정당한 대가가 돌아올 거라는 기대는 살짝 내려놓는 게 최선이다.

신경 끄기가 필요할 때

머릿속 극단적인 이분법 때문에 마음이 복잡해질 때도 있다. 예전에는 누군가가 날 좋아하거나 싫어한다고 지레짐작했다. 초임 교사일 때 가장 두려운 순간은 어두운 표정의 학생들을 만날 때였다. 수업시간에 나를 밝은 표정으로 대하는 아이들이 있으면 그들이 날 좋아할 거라 생각했고, 시종일관 어두운 표정을 보여주는 학생은 나를 싫어할 거라 추측했다. 표정이나 행동으로 타인이 나에게 가진 감정을 추측하는 과정이 피곤했다. 약간이라도 부정적인 기미가 보이면 상대가 날 싫어한다는 쪽으로 생각이 기울어져 더 피로해진 건 물론이었다. 그러나 시간이 지날수록 질풍노도의 시기를 거치는 대다수의 사춘기 아이들은 그냥 표정이 좋지 않을 수도 있음을 깨달았다. 그뿐 아니라 친구나 지인, 직장동료도 비슷했다. 그들 역시 나를 좋아할 수도, 싫어할 수도 있으나 무관심한 경우도 있었다.

'누군가가 나를 좋아할까, 싫어할까' 고민하는 것, '내가 잘 해주었는데도 왜 그렇게 나를 소홀히 대할까', '나 때문에 기분이 상했을까' 골똘히 고민하는 행위는 그래서 부질없고 무의미한 경우가 많다.

세상에는 나의 노력과 관계없이 벌어지는 일이 많다. 누군가가 날 싫어한다 할지라도 그 사람의 문제거나 우연의 결과일 가능성도 있다. 인간관계의 모든 상황을 굳이 판단하지 않아도 되는 이유다. 누군가의 눈치가 보인다면, 차라리 그에게 합당한 이유가 있는지 용기 내어 물어보자. 답을 찾을 수 없다면 신경 끄기 기술을 발휘하는 것도 방법이다. 통제 불가능 영역을 머릿속에서 내려놓는 것도 삶의 중요한 요령이다.

마음의 생채기가 오래도록 남을 때

ㅋㅋ가 불러온 마음의 파동

"ㅋㅋ" 단 두 음절의 말이 마음의 동요를 불러온 날이 있었다. 문제의 대화는 중학교 동창들이 모여 있는 단톡방에서 벌어졌다. 자주 연락하지 못했지만 20년 이상 알아온 친구들과의 대화방, 당시 나는 해외 살이를 막 끝내고 한국에 귀국한 상태였다. 중동에서 1년 6개월간 아이를 가정 보육하며 가택 연금과 비슷한 생활을 견딘 뒤였다. 견디기 힘든 상황이었다며 친구들에게 귀국의 변을 담담히 밝혔다. 이전까지 친구들에게 한 번도 하지 못한 이야기였다.

마음을 요동치게 한 건 고백 후 한 친구가 날린 메시지였다. "우울증 직전? ㅋㅋ"

대화창의 짧은 문장으로 머릿속이 혼란해졌다. 내가 보기에 앞의 말과 뒤의 ㅋㅋ라는 자음 사이에 논리적인 연관관계가 단 하나도 없었다. 우울증 직전이라는 말에는 비극의 요소가 숨어 있었고, ㅋㅋ은 가벼운 웃음을 뜻하는 의성어니까. ㅋㅋ에 담긴 의도가 무얼까, 이게 웃음을 뜻하는 의성어 맞을까, 얘는 내가 우울했다는 게 웃긴 건가. 울컥한 마음이 떠돌았다.

소심하게나마 되받아쳤다. "나 가정보육 때문에 우울증 직전까지 갔다고." 내 항변에도 말을 던진 당사자는 별다른 응답이 없었다. 다른 친구들이 위로의 말을 슬그머니 건네며 그날의 카톡 대화는 어물쩍 끝났다. 대화를 끝내놓고도 "ㅋㅋ" 두 글자는 머릿속을 맴돌았다. 20년 간 쌓아온 우정이 갑작스레 공허하게 느껴졌다. 머릿속으로 조용히 이 사건을 'ㅋㅋ 대참사'라 이름 붙였다.

나를 잘 모르는 이보다 가까운 주변인들에게 거리감을 느끼는 순간이 존재한다. 넌 항상 생각이 짧다며 지적하던 지인, 내가 아플 때 괜찮은지 묻는 말 한마디

없던 가족의 말에 순식간에 마음이 아려왔다. 나를 잘 모르는 사람이 지적을 날리거나 무심한 태도를 보이면, 나를 잘 모르니 그럴 수 있다는 논리로 위안 삼으면 그만이었다. 반면 가까운 이들이 날린 라이트훅은 강펀치가 되어 마음을 후벼 파기 일쑤였다.

그러나 되돌아보니 나 역시 선량한 피해자로만 존재했던 건 아니었다. 배우자가 아프거나 다쳤을 때 무심한 태도로 일관한 적도 있었고 낯선 이에게 친절을 베풀던 나 또한 때때로 가까운 이들에게 불친절하고 무관심한 가해자가 되고는 했다.

나는 나고, 너는 너고

과거에 굳게 믿었던 말 중 하나는 '부부는 일심동체'다. 부부는 하나로 마음을 합쳐, 거친 인생행로를 헤쳐나가야 한다는 아름다운 뜻을 담은 말. 의심할 여지 없이 옳은 이야기라 여겼다. 서로 마음을 합치기는커녕 수시로 다투는 엄마와 아빠를 보며 조용히 고개를 내젓기도 했다. 일심동체라는 아름다운 말의 미덕을 우리 집 두 어른은 왜 모르는 걸까.

결혼한 후에야 깨달았다. 그 말의 일부는 허구의 영역에 발을 걸치고 있다는 걸. 일단 일심이라는 말부터 성립하기 어려운 단어였다. 부부라 할지라도 남편과 내 감정은 각자의 영역이었고, 상호존중은 할 수 있어도 하나로 합칠 수 없는 종류의 것이었다. 보고 싶은 영화, 여행 가고 싶은 장소, 재테크 방법, 육아 방식, 배우자에게 원하는 말 등 전부 미세한 차이를 보였다. 너는 내가 될 수 없었고, 나는 네가 될 수 없음을 깨달았다. 부부 사이에만 해당하는 이야기는 아니다. 친구, 가족 어떤 관계에서도 '너와 나의 영역'은 존재하게 마련이었다.

우리는 대개 먼 거리의 이들에게는 너그럽다. 자주 들르는 커피숍 직원이나 가벼운 인사만 주고받는 직장 동료에게 한마음 한뜻이 되기를 기대하지는 않는다. 현실과 동떨어진 비합리적인 기대라는 걸 아니까. 반면 가족이나 친한 친구에게는 기대감이 무한정 커진다. 너와 나의 경계선이 희미하기 때문이다. 내 마음을 굳이 이야기하지 않아도 통할 것이라는 믿음, 구차하게 설명하지 않아도 내 마음을 읽어주기를 바라는 기대도 있다. 마음속 고민을 털어놓았을 때 상대가 원하는 반응을 정확히 보여줄 것이라 기대할 때도 많다.

특히 상대의 말에 감정이입을 잘 하고 공감도 해주는 이들은 상대에게 큰 기대치를 갖는다. 대체로 인간은 자신을 기준으로 타인의 사고방식과 행동반경을 예측하게 마련이니까. 가까운 사람이 나만큼 감정에 잘 이입해 줄 것이라 기대하게 된다. 그러나 슬프게도 상대는 내가 원하는 대로 움직이는 아바타가 아니다.

네 살 무렵의 일이다. 떼쟁이였던 나는 중국집에 가서 "지난번에 먹은 그것 달라고!"라는 말을 거듭하며 끊임없이 울었다. 초조하게 날 달래던 가족들은 자장면, 탕수육, 짬뽕을 주문해 차례대로 들이밀었다. 울보인데다 목소리까지 컸던 나는 도통 화를 멈추지 않았다. 식사 막판에 가서야 가족들은 알게 되었다. 내가 그토록 원하던 게 단무지였음을.

실로 당황스러운 일화지만 나름 교훈을 안겨주는 에피소드다. 아무리 가족이라 해도 '그것'이라는 지시대명사 정도로는 아무것도 알아채지 못한다. "나는 단무지를 원해"라는 구체적이고 명확한 문장이 필요한 것이다(물론 네 살의 나는 제대로 말을 하지 못하는 상태였지만). 가깝다고 해서 마음까지 투시할 수 있는 건 아니다. 이 세상 누구도 상대의 마음을 투시하는 능력을 가진 초능력자가 될 수 없다.

씁쓸하지만 명백한 진실을 깨닫자 마음이 조금 편안해졌다. 가족이나 친구가 나를 모든 면에서 완벽하게 이해할 거라는 게 비합리적인 기대라는 걸 깨달았다. 그러자 주고받는 대화 속에 남는 생채기가 줄었다.

가까운 사이에서 잊기 쉬운 일들

가까운 사람의 무심한 태도나 무례한 말에 직면할 때 바로 상처로 받아들이지 말고, 한 발 뒤로 물러나 객관적으로 판단할 필요도 있다. 그 사람의 어떤 부분이 저런 말과 행동을 만들었을지 짐작하는 건 심리적 안정에 도움이 된다.

한 육아 프로그램에서 정신과 전문의 오은영 박사의 이야기 중 인상 깊은 말이 있었다. 자녀가 시험을 망쳤을 때 어떤 부모는 "너 그렇게 공부하다가 망한다. 그렇게 될 줄 알았어"라는 발언을 서슴지 않는다. 또 다른 부모는 "다음번에 더 노력하면 되지. 네가 노력한 거 잘 안다. 부족한 점을 보완해 볼까?" 정도의 따뜻한 말을 건넨다. 두 사람 모두 자녀를 사랑하는 의도는 같다. 그러나 전자의 경우 사랑을 전달하는 방식을 잘 모르고 서툴기에 자녀의 마음에 생채기를 남긴다. 나와 가까운 사람이라도 애정표현을 잘못할 수 있고, 애초에 누군가에게 애정을 보낼 만한 마음 그릇이 작을 수도 있다. 악한 게 아니라 서툰 표현 방식이나 허약한 마음 때문에 따뜻한 말을 건네지 못하는 이들도 있다.

"ㅋㅋ" 단 두 글자로 내 마음의 요동을 불러일으킨 친구 역시 내 지난 세월이 어떠했는지 충분히 인지하지 못한 상태였다. 우리는 코로나19로 2년 이상 만나지 못했고 나는 내 상황을 제대로 설명해본 적이 없다. 내 말이 친구에게는 반 농담 정도로 여겨질 가능성도 컸다. 나는 20여 년의 긴 인연만 떠올렸으나, 알고 지낸 기간에 비례해 서로를 파악하고 이해할 수 있는 건 아니었다.

나에게 상처 입히는 가족이나 친구를 온전히 이해해 줄 필요는 없다. 가까운 이에게 상처를 전혀 입지 않을 도리도 없다.

다만 가까운 사람이 하는 말이라고 해서 그 말을 모두 받아들이거나 나에게 상처로 돌아온다는 생각을 버리자. 그 사람의 판단력, 사고방식이 잘못된 것일 수 있으니까. 한편으로는 상대와 가깝기 때문에 내가 갖는 과도한 기대감, 그 사람을 내 뜻대로 바꿔야 한다는 무언의 원칙 때문에 고통과 외로움이 가중되고 있을 수도 있다. 가까운 사람에게 상처를 입고 있다면 친밀한 관계에 대한 환상을 조금은 내다버리자. 구체적으로 내 욕구나 기분을 명확하게 전달할 필요가 있다. 적절한 거리와 경계선을 알아차리고 적확한 언어로 마음을 전달하는 노력이 필요하다.

인생발달단계는 각자의 스텝대로

"둘째를 낳으면 첫째가 덜 외로워해. 왜 둘째 낳을 생각을 하지 않아?"

오늘도 모임에서 비슷한 이야기를 들었다. 이 말을 꺼낸 이는 나를 측은하다는 눈빛으로 바라보았다. 사람이라면 응당 가져야 할 생각을 너는 왜 갖지를 못하냐는 시선. 비슷한 눈빛을 자주 접하기는 했으나 늘 그렇듯 대처에는 서툴렀다. 예전에는 "아, 그런 게 아니고요, 저는 둘째 낳을 생각이 없는데 왜냐면요…"라며 이야기를 질질 끌고갔으나 이런 대응은 역효과를 불러올 때가 많다. 내가 둘째를 낳고 싶지 않은 이유를 이야기하면 상대방은 "아니야. 잘 들어봐…"라면서 그 이유를 반박하고 나섰고, 나는 또다시 해명하는 지지부진한 대화가 이어졌다.

아이를 낳기 전에도 비슷한 대화의 패턴을 수차례 경험했다. 나는 30세에 결혼했고, 34세에 아이를 낳았다. 4년간 아이를 빨리 낳아야겠다는 생각을 한 적이 없었고, 초조하지도 않았다. 그러나 주변의 질문세례만은 피할 수 없었다. 경험상 이 대화는 "결혼 몇 년 차세요?"라는 질문으로 시작된다. 결혼한 지 4년이 되었다고 대답하는 순간, 그때부터 대화의 흐름은 출산 이야기로 넘어갔다. 상대는 결혼 4년 차나 되었는데 아이를 낳지 않은 나를 의아한 눈빛으로 바라본다. 나이를 한참 먹은 뒤 아이를 출산하고 양육하는 것이 얼마나 고단한 것인지 알려주며, 이 임무 수행을 젊을 때 해야 하는 이유를 상기시켜 주는 게 일반적인 패턴이었다. 이런 까닭에 어떤 때는 결혼한 연차를 실제보다 짧게 줄여 말한 적도 있었다. 뒷이야기가 생략되는 경우가 많았기 때문이다.

사소한 일화처럼 느껴지나 사소하지 않은 일일수도 있다. 우리 사회에서 광범위하게 벌어지는 참견의 현장이니까. 한국 사회에는 이른바 대다수가 정해놓은 인생의 정석코스라는 게 존재한다. '입시 - 졸업 - 취업 - 결혼 - 출산과 육아'로 이어지는 코스. 심지어 그 발달과업은 특정 연령대에 이루어져야 한다는 공식마저 존재한다. 그 생애발달단계의 정석코스에서 한 발짝이라도 벗어난 사람, 제 나이에 발달과업을 수행하지 않은 사람은 코스의 이탈자 정도로 여겨진다. 비혼주의자에게 "아이도 낳지 않고 팔자 좋게 혼자 돈 많이 버니 국가에 세금을 더 내라"고 눈을 부릅뜨며 말하는 사람도 봤다. 취업하지 않고 다른 길을 선택한 아이에게 왜 제대로 된 일자리를 구하지 않느냐 채근하는 어른도 있었다.

나는 대체로 남들이 이야기하는 인생의 정석코스를 걸어온 사람이다. 대학을 졸업했고, 취업을 했으며, 결혼하고 아이를 낳았다. 다만 아이를 한 명만 낳았다. 인생의 작은 변주였다. 아이 하나의 육아를 감당하는 것만으로도 내 정신은 이미 과부하 상태였기에 둘째는 꿈도 꾸지 않았다. 많은 이들의 안부 인사 겸 질문이 이어졌다. "둘째는 언제 낳을 거야. 낳으려면 빨리 낳아야지." 비슷한 래퍼토리를 접할 때마다 의문이 생겼다. "내가 혹시 잘못된 선택을 하는 건가? 둘째를 낳아야 행복이 손에 잡히는 걸까?"

타인의 이야기에 민감한 당신이라면, 이런 의문을 한두 번쯤 머릿속에 떠올려 봤을지 모른다. 애초부터 이런 이야기를 듣지 않기 위해 차근차근 인생의 정석 코스만을 달려온 사람도 간혹 존재할 것이다. 가끔 인터넷의 게시글을 보면 비슷한 질문을 던지는 사람이 많았다. "둘째를 낳는 게 행복할까요?", "결혼을 너무 늦게 하면 후회할까요?", "지금까지 취업 못 하면 인생 망한 건가요?" 아이 둘을 낳지 않는 것만 해도 이렇게 많은 질문과 채근을 듣는데, 취업, 결혼, 출산을 선택하지 않으면 얼마나 많은 이야기를 들을까 예상되는 바다. 많은 사람이 비슷한 맥락의 조언 속에서 혼란을 겪고, 고민을 이어가고 있음을 깨달았다.

소위 인생발달단계에 대한 채근은 단순한 잔소리가 아니다. 차근차근 인생의 정석 코스를 밟지 않으면 당신은 진정한 행복을 찾기 어려우며, 지금의 선택으로 인하여 훗날 후회하게 될 것이라는 무시무시한 경고가 숨어 있다. 잔소리가 짜증나지만, 한편으로 두려운 이유는 이 때문이다.

우리는 빡빡한 사회에 살고 있다

미국의 문화 심리학자인 미셸 겔펜드Michele j. Gelfand 교수는 '~는 마땅히 이래야 한다'는 무형의 규범들이 세계 각 나라에서 얼마나 강요되는지 조사한 바 있다. 그는 연구 과정에서 각 나라의 문화를 빡빡한 사회tight culture와 느슨한 사회loose culture로 분류했다. 빡빡한 사회는 문자화되지 않은 사회적 규범이 매우 강하고, 튀는 행동에 대한 관용이 낮아 타인의 눈치를 많이 보게 만드는 문화를 가진 사회를 말한다. 반면 무형의 규범이 약하고 개인의 일탈 행동에 대한 관용이 높아 개인의 자유가 중시되는 사회를 느슨한 사회로 규정했다. 겔펜드의 설문 조사 결과 한국은 33개국 중 빡빡한 국가에서 5위를 차지했다. 같은 동아시아 문화권에 속하는 일본이나 중국보다 우리 사회가 더 빡빡한 분위기를 지닌 것으로 나타났다.

우리 사회는 공통의 잣대로 개인의 행동이 괜찮은

지 엄격하게 따지는 분위기를 가지고 있다. 이런 분위기 속에서 개인은 주변인들의 압력을 쉽게 받고 타인의 눈치를 살피게 된다. 특히 인생의 주요한 단계에서 튀는 행동이나 정해진 것을 벗어난 행동을 감행하기 어렵다. 다른 사람에게 이기적이고, 튀는 행동을 한다고 비판을 들을 가능성이 높기 때문이다.

이런 분위기에는 부작용도 따른다. 남에게 피해를 주지 않아도 눈치 보게 되고 스트레스를 받는 과정에서 개인은 우울해지기 쉽다는 연구 결과가 있다. 각종 규범이 개인을 얽어맬수록 행복도가 낮아지고 우울장애가 많아지고 자살률도 높아진다는 통계도 존재한다.

인생의 정석 코스는 없습니다만

인생을 음식 먹는 것에 비유하자면 이렇다. 인생의 메뉴에는 한정식 코스요리도 있을 것이고 양식도, 분식도 있을 것이다. 물론 한정식 코스요리를 좋아하는 사람이 다수일 가능성이 있다. 그렇지만 아닌 경우도 존재한다. 긴 시간 요리를 기다리는 것을 싫어하는 사람도 있고, 아예 다른 메뉴를 선호하는 사람도 있으니까.

그럼에도 누군가 메뉴판을 집어 들기도 전에 주변에서 "여기 한정식 코스요리 꼭 먹어야 해. 다른 요리 고르지 마. 이 집 코스요리 맛봐야 진짜 행복할 걸?"식의 조언이 난무한다. 개인의 취향에 관계없이 한정식 코스요리를 주섬주섬 집어먹어야 하는 광경이 벌어지는 셈이다. 코스요리를 고르지 않고 분식이나 양식을 먹는 사람은 자신의 취향에 맞는 음식을 먹고 있어도 주변의 구박을 듣거나 눈치를 살피게 된다. 비정상이라는 말도 종종 듣는다.

정상과 비정상의 이분법적인 잣대는 어디에나 존재한다. 교과서나 대중매체를 들여다보면 쉽게 알 수 있다. 거기에 등장하는 가족의 모습은 천편일률이다. '부모와 아이 두 명'을 전제한 4인 체제의 가족, 아빠는 출근하고 엄마는 가사와 육아를 도맡는 모습. 이른바 '정상 가족'이라 불리는 가족의 형태는 타당하고 당연한 것으로 여겨지지만 그렇지 않다. 한발 물러나서 보면 누군가 임의로 만들어낸 기준에 불과하다. 정상이라 불리는 영역에 발을 걸치고자 나와 맞지 않은 삶을 선택하면, 맞지 않는 신발을 신은 느낌으로 인생길을 걸어가야 할지도 모른다.

내 인생에서 그 나이에 마땅히 해야 할 일이 얼마나

있을까. 생각보다 많지 않음을 알아차릴 수 있다. '꼭 그래야 하는 일들의 목록'을 주변에 들이밀고 있는 사람들이 존재한다는 것 정도가 문제일 뿐.

가장 근본적인 해결책은 우리 사회가 빡빡한 사회에서 느슨한 사회로 서서히 전환하는 것일 테다. 그러나 이것은 한두 사람의 변화로는 단시간에 이루어지기 어려운 일이니, 차라리 듣는 자세를 바꾸자. 참견하는 사람들의 이야기를 빡빡하게 듣지 말고 느슨하게 듣는 게 좋다. 세상에 꼭 그래야 하는 일은 별로 없다는 생각을 늘 머릿속에 넣고 다니자. 물론 가장 직접적인 정면돌파 방법이 존재한다. 용감하게 되묻는 방법이다. "왜 그 나이에 꼭 그 발달과업을 수행해야 하는지, 그 일이 필수적인 것인지 당신의 의견을 물어봐도 될까요?"

이런 질문에 열린 마음으로 대답하는 분들도 있을지 모른다. 그러나 안타깝게도 대부분은 "내가 경험해 보니 사람 행복은 다 그렇게 뻔한 데서 얻는 것이다" 정도의 논리에 의존한다. 게다가 되묻는 질문은 나쁜 행동이 아님에도 무례한 태도, 되바라진 행동으로 여겨지기도 하니 실행하기 쉬운 일은 아니다.

못 들은 체하거나 "네엡~"하고 그냥 실행하지 않는

것이 최고의 방법일지도 모른다. 또는 "제가 그 발달단계를 꼭 수행하고 싶지만 사정이 안 됩니다. 슬픈데 어찌해야 할까요"라는 반응을 보여줄 수도 있다(나 역시 '참 슬픕니다만 둘째가 안 생기네요' 식의 표정을 몇 번 지었다). 경험을 되돌아보건대 상대방도 대화의 물꼬를 틀 소재가 없어 그냥 뻔한 이야기를 끄집어낸 것일 수 있다. 당신이 별 반응을 안 보이면 다음 주제로 넘어갈 가능성이 크다.

가볍게 여기자. 귀로는 들어도 마음으로는 듣지 말자. 인생발달단계는 각자 스텝으로 가는 것이다. 당신은 비정상이 아니다.

3장

산뜻하고 가벼운

카톡 대화의 마무리를 마무리하지 못했다

카카오톡 대화의 마무리에 5분 이상의 시간을 끈 적이 있다. 친절하고 배려심 넘치는 지인과의 카톡 대화에서 벌어진 일이었다. 밤늦은 시각이었고, 피곤했던 우리는 채팅을 마무리하려 했다. 지인과 나는 서로 잘 자라며 인사와 친절한 이모티콘을 번갈아 보냈다. 상대방이 답을 보내면 나도 으레 답을 해야 할 것 같았다. "잘 자" 한 가지 메시지를 다양하게 변주해 "좋은 꿈 꿔", "즐거운 주말 보내" 등으로 주고받았다. 기쁨과 사랑, 위로와 안녕을 담은 이모티콘으로 대화를 질질 끌기도 했다. 친절한 대화의 향연 속에 '차라리 친구가 나에게 답을 안 하고 끊었으면 좋겠는데'라는 바람마저 가졌다. 상대도 비슷한 심정 아니었을까.

종종 벌어지는 일이었다. 카톡 대화의 마무리가 쉽지 않았다. 상대가 답을 하면 나도 거기에 답을 덧붙여야 할 듯한 의무감에 대화는 필요 이상으로 길어졌다.

언젠가 인터넷 게시판에서 '카톡 대화 마무리 멘트'라는 제목의 글을 발견한 적이 있다. 상대방이 "아하", "ㅎㅎ", "글쿤"을 번갈아 가며 오랫동안 사용한다면 대화를 마무리하자는 의미라는 것이다. 예컨대 "글쿤"은 공감을 뜻하는 '그렇구나'를 줄인 말이지만, 채팅창에서 상대가 이 말을 성의 없이 여러 번 사용한다면 대화 내용에 흥미가 없음을 뜻한다고 한다. "아하"는 내가 미처 생각지 못한 것을 깨달았을 때 입으로 내는 감탄사고, "ㅎㅎ"는 웃음을 표현하는 말이지만, 상대가 이 말만 끝없이 사용한다면 '우리 이야기 이제 끝내자'라는 속뜻을 담고 있다는 설명이었다. 이 외에도 '알겠어', '오키' 등이 채팅 대화를 끝내기 위한 마법의 단어로 꼽혔다. 이런 말을 접하면 상대방의 의중을 알아채고 대화를 그만하는 것이 센스 있는 행동이라는 게 핵심 내용이었다.

돌려 말하기 기술자들의 마음

"이제 대화 그만하자"는 간결하고 명확한 멘트가 엄연히 존재한다. 그러나 이러한 말을 꺼내놓기는 쉽지 않은 경우가 있다. 나와 지인의 에피소드처럼 마무리 멘트를 날린 후에도 귀염둥이 이모티콘을 주고받으며 대화를 이어가는 경우도 흔하다.

현대인들은 다년간의 사회생활을 통해 상대방의 기분을 상하게 하지 않기 위해 민망한 단어나 표현들을 숨기고 돌려 말하는 기술을 배운다. 언어학에서는 이러한 단어를 완곡어법 내지는 완곡표현이라 부른다. 원래 그리스어인 유피미아euphemia에서 비롯된 말인데, 유피미즘euphemism이라고도 한다. 듣는 사람의 감정이 상하지 않도록 모나지 않고 부드러운 언어로 사용하는 것을 일컫는다. 거칠고 퉁명스럽게 느껴질 수 있는 단어를 상대를 위해서 숨기는 배려에서 비롯된 기술이다.

사회적인 이슈를 드러내는 데도 완곡어법이 자주 등장한다. 가령 경제 분야에는 '노동시장의 유연화'라는 말이 존재한다. 노동 시장을 그저 융통성 있고 유연한 방식으로 이끌어간다는 이야기가 아니다. 비용 문제로 필요할 때마다 노동자들을 적절히 해고하겠다는 의미도 담고 있다. 그래서 완곡표현이 비난을 받는 경우도 이따금 생긴다. 부정적인 사회의 현실을 교묘히 가리거나, 현상의 초점을 다른 곳에 맞추는 데 사용하는 경우가 많으니까.

외국인들도 완곡표현을 활용하지만, 한국인들은 특히 돌려 말하는 기술의 달인이라 할 수 있다.《아웃라이어》의 저자 말콤 글래드웰Malcolm Gladwell은 한국인의 의사소통에 대해 언급한 바 있다. 그에 따르면 서구인들은 화자 중심의 대화를 나눈다. 의사소통이 명확하게 이루어지지 않으면 화자에게 책임을 묻는다는 의미다. 반면 한국을 비롯한 동아시아에서는 듣는 사람의 책임에 무게를 두는 대화가 이루어진다. 대화 내용을 눈치 있게 알아들을 수 있느냐 못하느냐에 따라 그 사람의 사회생활 센스를 파악할 수 있다.

완곡표현이 아니더라도 본뜻과 다른 의미를 지닌 말은 자주 공중에 떠다닌다. "나중에 밥 한번 먹자"는 말에 "언제요? 지금 정확한 시간이랑 날짜 잡을까요?"라고 캐물으면 이상하거나 집요한 사람 취급을 받게 되는 게 그 예다. 대부분의 대화는 상대방의 의중을 세심하게 추론하고 짚어가며 이루어진다. "대화를 좀 나눌까요?" 대신 "차 좀 마실까요", "밥 한번 먹을까요"라고 말한다.

완곡표현은 상대를 배려하는 세련된 기술이지만 한편으로 혼란도 불러일으킨다. 상대의 민감한 감정 변화에 신경을 많이 쓰는 사람들의 경우, 상대방의 마음이 어떤지에 대해 충분히 배려하고 살피려는 경향이 있다. 배려를 하다 보니 원래의 의도를 우회적으로 돌려 말하는 화법에 익숙해지기도 한다.

친절에도 부작용은 있다

생각해 보면 생각이나 감정을 돌려 말하는 데는 두 가지 마음이 숨어 있다. 상대방의 마음을 상하지 않게 하겠다는 배려와 무례하다는 평가를 받지 않고 관계를 이어가고 싶다는 마음이 공존한다. 한편으로 반박당하지 않을 만한 안전 기지를 만드는 일종의 방패로 쓰이기도 한다.

그러나 말콤 글래드웰이 아름답기까지 하다고 표현한 완곡표현에는 때때로 부작용도 존재한다. 우리의 대화를 모호하게 하여, 서로의 말에 담긴 속뜻이 무엇인지 끊임없이 살펴야 한다. 이 때문에 상대방의 본뜻이 무엇인지 끊임없이 생각하며 대화를 나눠야 하는 상황에 마주한다.

가령 친구 사이인 D와 E가 오래간만에 카톡 대화를 나눈다고 가정해 보자.

D: 안녕, 어디야?

E: 나 지금 종로야. 혼자 종각역 근처에 왔어.

D: 어? 우리 회사 근처네. 나 곧 퇴근하는데.

E: 앗 그렇구나. 퇴근하는구나.

D: 응, 오늘 일하다가 부장님한테 혼나서 완전히 우울한 상태야.

E: 엇, 그래? 어쩌니, 집에 가서 푹 쉬어야겠다.

D: 그래. 맞아. 다음에 한번 보자.

E: 그래, 잘 지내고 있어.

이 대화를 통해 D와 E의 속내나 상황을 정확히 파악하는 건 불가능에 가깝다. 오로지 추측만 가능할 뿐이다. D가 E를 만나고 싶어 한 것일까, 아니면 그저 우울한 상태로 퇴근하고 싶은 마음을 E에게 전한 것일까?

D에게 다른 약속이 있었던 것일까, 아니면 E와 만나기 싫었던 마음이 존재했던 걸까? 상대방의 말이 완곡표현일 수도 있고 직설화법일 수도 있는 상황 속에서 우리는 상대방의 메시지 안에 담긴 속뜻을 눈치껏 찾아내야 한다.

타인의 반응에 신경을 많이 쓰는 사람들은 보통 사람들보다 세밀하고 깊게 생각하는 경향을 보인다. 세심한 관찰로 말 속에 숨은 상대의 의중을 어렵지 않게 알아차릴 가능성도 크다. 그러나 한편으로 타인의 감정에 이입을 잘 하기 때문에 상대방의 입장이나 시각, 사고를 추측하느라 에너지를 많이 쓰기도 한다.

말하기를 할 때도 마찬가지다. 돌려서 말하다가 명확한 의도를 전하지 못해 난감해지는 상황도 생긴다. 자신의 말에 담긴 의도를 상대방이 오해할까 오랫동안 고민하기도 한다. 완곡표현 때문에 상대의 반응에 예민한 사람들의 경우 부작용을 겪을 수도 있다. 머릿속은 더 복잡하고 혼란해질 수 있기 때문이다.

카톡 대화의 마무리 멘트는 단순한 우스갯소리일 수 있다. 그러나 완곡표현은 마음의 찜찜함과 혼란을 불러오기도 한다. 완곡표현의 지나친 배려에서 약간 벗어나, 상대방과 나의 의도에 집중하는 직설화법이 필요할 때도 있다.

첫머리에 이야기한 친구와 나의 카톡 메시지를 떠올려 보자. 대화의 당사자 모두 채팅을 끝내기를 원했다. 그렇다면 마무리 멘트를 계속 이어가기 위해 오랫동안 고민할 필요가 없다. 당신이 대화할 때 상대를 생각해 쉽게 피곤해지는 사람이라면, 좀 더 명확히 말할 필요가 있다. 대화를 그만하고 싶다는 의도 자체에 집중해 말하는 것이 좋다. 다음의 두 가지 메시지를 주고받으면 충분하다.

- 오늘 당신과의 대화로 기분이 좋아졌다.
- 이제는 안녕.

위의 두 가지 의도만 전해도 대화를 끝낼 때 서로의 마음은 따뜻해진다. 의미 없는 이모티콘을 연신 날릴 필요가 없다. 상대방이 답했다고 끝까지 답할 필요도 없다. 완곡함으로부터 살짝 벗어나 단호해져도 된다. 내가 상대방에게 이모티콘 하나를 덜 보냈다고 상대방이 상처를 받을까? 의미 없는 ㅎㅎ에 답하지 않았다고 나를 무례하다 여길까? 머릿속을 떠다니는 걱정과 의문은 대부분 기우에 불과하다.

상대의 완곡표현 때문에 대화가 불필요하게 길어질 경우에도 대화의 간결한 메시지를 찾아내 상대에게 물어도 괜찮다. 예를 들어 내가 만나자는 제의를 하는데 상대가 "오늘은 사실 회사에서 일이 많았어. 어떤 일이 있었냐면…"라는 식으로 이야기를 빙빙 돌려 말해 혼란을 가중시키는 경우가 있다. 말하는 이의 의도를 추측하며 혼자 서운해하기보다 그의 메시지를 간결하게 정리해 되묻는 편이 낫다. "오늘은 만나기 힘든 컨디션이라는 말이지? 그렇다면 다음번에 만나자" 정도로 대화에 숨은 속뜻을 정리해 줘도 괜찮다.

완곡표현은 분명 아름다운 배려가 담긴 화법이다. 그러나 주고받으면서 피곤해질 정도라면 배려도 적당한 수준에서 멈추는 것이 좋다. 때로는 간결함과 명확함이 필요하다. 말하고자 하는 메시지에 집중하자. 마무리는 마무리일 뿐이다.

칭찬
고맙습니다

"와, 글이 너무 재미있는데? 네가 이렇게 글을 잘 쓰는 줄 몰랐어."

책을 내고 싶어서 출판사에 투고하기 직전의 일이다. 친구에게 내가 쓴 원고를 미리 보여주었다. 내 글을 어떻게 느낄지 내심 평가가 궁금했다. 글을 읽어본 친구는 칭찬 세례를 쏟아 부었다.

문제는 내 반응이었다. 칭찬을 듣는 순간 머릿속에서 예상치 못한 혼란이 솟아올랐다. 어떤 말로 반응해야 할지 몰라 등 뒤로 식은땀이 흐를 지경이었다. 알고 있는 사이니까 저렇게 형식적인 칭찬을 하는 거야. 아무래도 저 칭찬은 내 글솜씨를 제대로 모르고 하는 말임에 틀림 없어. 최근에 쓴 다른 글은 죄다 형편없는데. 내가 이런 과분한 칭찬을 들어도 상관없을까?

"아니야! 사실 그런 것이 아니라 내가 사실 이 글은 완성하는 데 한참 걸렸고…."

친구의 칭찬에 대한 내 응대는 초라하기 짝이 없었다. 평가해 달라며 원고를 보여주고는 나에 대한 칭찬을 온몸으로 부정하는 사태. 네가 하고 있는 칭찬은 알고 보면 잘못된 판단이며, 사실이 아니라는 말을 스스로 늘어놓고 있었던 셈이다.

나는 질소 과자가 아닌데

나 역시 칭찬받는 걸 매우 좋아한다. 더 자주, 더 강렬하게 칭찬받고 싶은 욕구가 마음속 깊은 곳에 숨어 있다. 그럼에도 불구하고 칭찬을 받으면 입으로 무슨 말을 내뱉어야 할지 우물쭈물했다. 머릿속 누군가가 저 칭찬의 내용은 진실이 아니라며, 얼른 부정하라고

고래고래 외치는 경우가 다반사였다.

칭찬을 듣고도 손사레 치며 거부하던 날, 그렇게까지 행동한 이유가 궁금해졌다. 곰곰이 생각해 본 결과 두 가지 이유가 있었다.

첫 번째는 두려움 때문이다. 공개적으로 칭찬받는 위치에 있으면 두려움이 엄습한다. 칭찬을 받는 만큼 주변인에게 미움과 질투를 받을 기회를 얻는 것 아닌가 싶었다. 길지 않은 인생사 속에서 나를 질투하거나 미워했던 사람을 수백 명씩 만난 게 아니었음에도. 어릴 때부터 나는 미움 받을 수 있는 분위기를 감지해 내고 적절히 대응하는 데 에너지를 많이 쓰는 편이었다. 선망도, 미움도, 질투의 눈길도 받지 않고 되도록 평화롭게 지내고 싶었다. 겸손한 자세를 보이면 미움을 덜 받는 데 유리하다고 생각했다. 경험이 쌓이고 쌓이다 보니 겉으로 드러나는 겸손은 도를 더해갔다. 끊임없는 겸손은 저자세에까지 이르렀다. 저자세가 일상으로 굳어갔다.

더 근본적인 이유도 존재했다. 마음 깊은 곳 어딘가에 스스로가 칭찬받을 만한 존재가 아니라는 생각이 깔려 있었다. 능력을 인정받고 싶은 욕구는 그 누구보다 강했음에도 불구하고, 정작 칭찬을 받으면 누구보다 날 의심했다. 칭찬받는 나는 '가짜 나'고 '운 좋은 나'고 '사기꾼인 나'로 보였기 때문에. 잠깐 운이 좋았기 때문에 칭찬을 받는 것뿐인데, '이거 큰일 났네. 나를 칭찬하는 저 사람이 내 정체를 알면 형편없는 내가 금세 탄로 나고 말 거야'라는 걱정이 앞섰다. 내 자신이 마치 내용물이 빈약한, 질소로 가득 찬 과자 봉지처럼 느껴졌다.

이러한 사고 과정의 결과 내게 쏟아지는 칭찬을 받아들이지 못하고 온몸으로 거부했다. 스스로를 끊임없이 낮추는 말까지 서슴지 않고 내뱉었다. 변명 같은 말을 이어가다 보니 나를 형편없는 사람으로 몰고 가기에 이르렀다.

왜 나는 나를 믿지 못할까

인터넷을 검색하다 나에게 일정 증상이 있다는 사실을 깨달았다. '가면 증후군'이라는 증상이었다. 미국의 폴린 클랜스Pauline Clance와 수잔 임스Suzanne Imes라는 두 심리학자가 이런 증상을 발견했다고 한다. 자신이 얻은 성취나 성공이 스스로의 노력이나 재능에 의

한 것이 아니라 순전히 운이 좋기 때문이라고 생각하며 괴로워하는 심리적 상태를 말한다. 이 증후군을 앓는 사람들은 실제 자신이 현재 능력보다 과대 포장된 평가를 받는다고 여긴다. 높은 성취의 증거가 눈앞에 있어도 근본적으로 자신이 유능하지 못하다고 느끼니, 자신이 남들을 기만하고 있다고 생각한다. 현재 자신이 누리고 있는 지위나 역할은 전부 거품이고 스스로 사기꾼이 아닌지 의문을 품는 일도 다반사다.

언젠가 가수 아이유가 예능 프로그램에서 자신의 슬럼프에 대해 고백하는 걸 들은 적이 있다. 그는 음악으로 가장 좋은 성적을 냈던 해 슬럼프가 찾아왔다고 털어놓았다. 당시 어린 나이인데 잘한다는 평가를 들었고 이에 대한 부담감이 컸단다. 어리다는 괄호를 빼고 잘한다는 평가를 받을 수 있을지 두려웠고, 갑작스레 인기를 모으니 스스로에 대한 거품이 만들어지는 느낌, 나중에 이런 거품이 빠지면 얼마나 벌을 받을까 두려운 느낌까지 받았다는 고백을 담담히 털어놨다.

누가 봐도 잘 나가는 가수이자 배우가 비슷한 두려움에 휩싸인 걸 보면, 가면 증후군은 개인의 실제 능력 여부와 크게 관련 없는 증상임을 깨달았다. 미국 배우 나탈리 포트만 역시 자신의 모교 하버드대학교 졸업식

연사로 등장해 오랜 기간 가면 증후군을 겪어온 자신과 싸워왔음을 고백한 적이 있다. 그는 자신이 하버드에 있기에는 충분히 똑똑하지 않다는 생각에 빠지고는 했다는데, 스스로가 멍청한 배우가 아님을 증명하기 위해 지나치게 많은 애를 쓰고 시간을 소비했음을 고백했다. 아이유나 나탈리 포트만처럼 예술계에 종사하는 사람들만의 이야기가 아니다. 직장인 중 가면 증후군을 앓는 사람이 약 75퍼센트나 된다는 연구 결과도 있다.

완벽주의가 나를 사기꾼으로 만들었다

어느 순간 깨달았다. 내 안에 있는 성취의 기준이 지나치게 높았기에 힘들었다는 사실을. 내가 글을 쓸 때 설정해 둔 기준점은 대문호나 베스트셀러 작가라 해도 이루기 힘든 지경이었고, 육아를 훌륭히 해내는 사람의 기준은 신사임당이나 오은영 박사 급의, 이루지 못할 곳에 두고 있었다. 마음속 기준이 항상 과도하게 높았기에 불안함과 의심 속에 오들오들 떨며 지냈다. 되짚어 보면 일종의 자의식 과잉에 가까웠다. 100미터 달리기를 하듯이 뛰고 있음에도 초조하고 불안했다.

어차피 내가 생각하는 훌륭함의 기준은 닿을 수 없는 지점에 자리해 있었으니까.

완벽주의적 성향을 가지고 있는 당신이라면, 비슷한 증상을 앓을 가능성이 높다. 스스로에 대한 기대치가 과도하거나, 마음속에 규칙이 많다면 이를 깨닫는 순간 조금씩 버릴 필요가 있다. 내가 잡은 기준이 너무 높다든가 내 안에 쓸데없는 규칙을 너무 많이 만들어 놓았다는 사실만 알아차려도 편안한 마음이 자리 잡는다.

가면 증후군 때문에 겉으로 드러난 손해는 없었다. 주변인들은 칭찬을 온몸으로 거부하는 나를 겸손한 사람이나 저자세를 지닌 사람쯤으로 여겼을 것이다. 그러나 마음속에는 거대한 손실이 있었다. 스스로를 사기꾼으로 여기며 정체가 탄로 날까 불안해하며 자괴감과 자책감을 소화하는 데 에너지를 쓰고 있었다.

또 다른 손해도 있었다. 성취를 이루어 특정한 관계를 맺거나 그룹에 속하더라도 내가 스스로 이곳에 속하기에 부족한 사람이라고 여기면, 일의 진행과정에서 부당한 일이 생겨도 아무런 항변도 하지 못했다. 대부분의 경우, 수용의 자세로 상대가 요구하는 걸 받아들였다. 그래야 내 능력치가 거짓이라는 사실을 들키지 않을 것 같았으니까. 더 잘하려 노력하기보다, 형편없는 정체가 들통나지 않으려 안간힘을 쓰는 모양새가 되었다.

칭찬엔 산뜻하게

언젠가 미용실에서 헤어 디자이너에게 "머리를 정말 잘 만져 주시네요"라는 가벼운 칭찬을 건넨 적이 있다. 물론 진심이 담긴 말이었다. 칭찬을 받은 당사자는 말수도, 표정 변화도 적은 이였다. 그러나 그날만큼은 활짝 웃으며 대답했다.

"감사합니다. 제가 머리를 참 잘하는 편이에요."

그의 한마디 말에 깨달았다. 산뜻하게 칭찬을 받아들이는 방법도 있었구나. 나는 그동안 칭찬을 받아도 그걸 진심으로 받아들여 본 적은 없었다. 온몸으로 저항해가며 막아내기에 바빴다. 온몸으로, 가볍게 칭찬을 수용하는 방법이 있다는 걸, 미처 몰랐다.

"고맙습니다", "그렇게 칭찬해 주시니 감사하네요." 정도면 충분하다. 칭찬을 그 자체로, 진심으로 받아들이자. 당신은 그럴 자격이 있다.

우회전,
좌회전 말고
직진!

지인들과 유럽 배낭여행을 간 적이 있다. 독일의 작은 도시에서 시간을 보내다 다음날 새벽 다른 도시로 이동할 예정이었다. 나는 그날 밤 OO호프집에 들러 술을 마시고 싶었다. 북적이는 분위기에서 맛있는 맥주를 끝도 없이 마실 수 있다는 정보를 여행책에서 입수한 뒤였다.

아쉽게도 내 일행들은 한밤중에 시끄러운 분위기에서 술 마시는 행위를 선호하는 부류가 아니었다. 이 사실을 일찍이 파악한 나는 여행 대부분의 기간 동안 술 마시고 싶은 욕구를 참아냈다. 그러나 여행의 막바지에 가까워 오자, 그날 술을 먹지 못하면 유럽에서 맥주를 한껏 들이켤 기회가 날아갈 거란 불안감이 솟구쳤다. 내 남은 임무는 하나, 설득을 거듭해 술집에 가는 것이었다. 나의 이 간곡한 마음을 어떻게 표현해야 할지 한참 머릿속으로 시뮬레이션을 돌리다 입을 뗐다.

"책자에 보니까 그 OO호프집이 그렇게 좋다는 말이 쓰여 있네."

나의 말에 일행들은 "오 그렇구나. 역시 독일이라 술집이 참 많구나" 정도의 맞장구를 쳐주었다. 고지가 저 멀리 있었다. 나는 다시 용기를 끌어모아 말했다.

"그러니까 그 OO호프집이 술 마시기에 좋은 분위기인가 봐."

일행들이 맛집을 찾기 위해 노력하는 통에 내 작은 목소리는 묻혔다. 몇 번을 다시 말해볼까 하다가 실패했다. 맥주를 흥청망청 마시고 싶다는 내 욕구는 이렇게 좌절되었다. 그러나 다행히 저녁을 먹는 도중, 식당에서 약간의 맥주로 욕구를 조금 채울 수 있었다. 그날은 취하고픈 마음이 강했는지, 맥주 몇 모금에 얼굴까지 빨개졌다. 약간의 취기를 빌려 일행에게 한 마디를 꺼내 놨다. “실은 OO호프집에 가서 끝없이 맥주를 마시고 싶었어. 한껏 취하고 싶었다고.”

지인들의 눈이 휘둥그레졌다. 한 명이 말했다. “네가 맥주를 그렇게 마시고 싶어 하는지 진심으로 몰랐어.” 다른 누군가가 이야기했다. “차라리 OO호프집에 가고 싶다고 한번 이야기하지 그랬어.”

빙고. 정답이었다. 나는 그날 밤 한 번도 호프집에 가서 맥주를 배부르게 마시고 싶다는 말을 입 밖으로 꺼내지 못했다. 멤버들의 분위기상 내 제안이 받아들여지지 않을 거라 지레짐작했고, 내 안의 소심쟁이는 욕구를 내뱉는 걸 만류했다. 대신 우회로를 열심히 찾았다. 욕구를 빙빙 돌려 말한 다음, 일행들이 제발 알아들어 주길 고대했을 뿐이다.

“네가 그걸 하고 싶어 하는 줄 몰랐어.”, “네가 그런 걸 원할 줄이야.”

살아가면서 비슷한 이야기를 자주 들었다. 이유는 분명했다. 나는 내가 하고 싶은 것을, 내 욕구를 시원하게 표현할 방법을 찾지 못했다. 심지어 음식점에서 메뉴를 고를 때조차 상대의 처분만 기다리는 심정으로 일행에게 선택을 맡기거나 묻어가는 스타일이었다.

이성의 끈을 끼어코 놓지 못했다

'욕구'라는 말은 다소 낯선 단어였다. 식욕, 성욕, 수면욕 등은 나와는 먼 외계의 키워드로 느껴졌다. 어릴 때부터 스스로를 이성적인 인간으로 여기는, 괴상한 자부심도 마음 한편에 있었다. '이성적이고 합리적인 나'를 이상향으로 삼으며 지내왔다.

합리적 사고와 이성이 감정이나 욕구에 앞선다는 무언의 규칙이 존재한다. 나는 이 규칙을 믿고 따르는 부류의 인간이었다. 플라톤Plato은 "목말라하면서도 마시려는 욕구를 막는 것, 이를 제압하는 것이 이성이다" 라고 말한 바 있지 않은가. 근대의 계몽주의 사상가들은 인류의 무한한 진보를 위하여 이성의 힘으로 사회를 바꾸어나가자는 모토를 내걸고는 했다. 되짚어 보면 욕구를 잘 억누를 수 있는지 아닌지에 따라 미래가 바뀐다는 문구가 주변에서 맴돌고 있었다. '4당 5락' 같은 말이 대표적이다. 4시간 자면 붙고, 5시간 자면 떨어진다는 건 수면욕을 누르라는 말과 다름없다. 놀고 싶은 현재의 욕구를 한껏 누르면 너희에게 진정한 행복이 찾아올 것이라고 세상은 끝없이 주문을 외치고 있었다.

나 역시 계몽주의 사상가가 된 듯 이성을 받들어 모셨다. 감정적이라거나 자기 욕구에 충실하다는 평판은 뻔뻔함 내지는 이기적이라는 말과 동의어로 들렸다. 나의 욕구를 대놓고 말하는 것은 미성숙하고 감정적인 사람으로 보일 위험성이 있다고 생각했다. 되도록 타인의 욕구를 먼저 배려하고 이성적으로 대처하는 태도가 성숙하고 멋진 것이라 여겼다. 마음 한쪽에는 거절에 대한 두려움도 있었다.

호프집에 가서 술을 먹자고 했을 때 일행들이 나의 의견을 가볍게 여기고 넘어가는 상황이 두려웠다. 내가 원하는 것을 직접적으로 표현했을 때 거절당하고 상처받는 경험을 굳이 겪고 싶지 않았다. 거절에 대한 두려움이 밑바탕에 깔려 있어 우회적으로 무언가를 이야기했던 셈이다. 그래서 항상 "오늘은 이 메뉴를 먹고 싶다"는 이야기를 "여기 음식점에 이 메뉴가 유명하다고 하던데"라며 한 겹 포장해서 말했고, 무심한 태도로 나를 속상하게 만든 상대에게 "나는 너의 그런 행동이 무안하게 느껴졌어"라고 말하지 못하고, "오늘 왜 그렇게 표정이 안 좋아 보여?"라는 질문만 에둘러 꺼내는 식이었다.

욕구를 우회로로 표현하는 건 대부분 실패의 길을

걸었다. 내 욕구는 과녁 정중앙에 가서 박히는 대신 과녁 표의 가장자리, 아니면 바깥 어딘가에 꽂혀 버렸다. 사람들은 당연히 내 욕구가 무엇인지 알아채지 못했고, 나중에 내가 원했던 것이 무엇인지 알게 되면 깜짝 놀라곤 했다.

대놓고 표현한다고 뻔뻔한 사람은 아니다

어디서부터 잘못된 건지 돌아볼 필요가 있었다. 생각해 보면 내가 원하는 바를 정확히 모르는 경우도 있었다. 어느 식당에 가서 어떤 종류의 식사를 하고 싶은지, 무엇을 해야 즐거운지, 어떤 상대방을 만나 대화를 해야 행복한지에 대해 구체적으로 살펴본 적이 드물었다. 대세에 따르거나 흘러가는 대로 따라가며 사는 것. 집단이나 모임에서 별나거나 모나게 보이지 않는 게 내 인생 모토였다. 그것이 내 삶의 모양이었다.

대놓고 무엇인가를 요구한다는 건 뻔뻔한 태도라 생각했다. 자신의 욕구에 솔직한 사람은 사랑받기 어렵다는 생각이 머릿속에 있었다. 이성적이고 감정을 잘 다스리는 사람이 훌륭하고 배려 있는, 모두에게 사랑받는 사람이라 여겼다. 그러나 정작 남의 욕구를 세심하게 살피느라, 또는 뻔뻔한 사람으로 보일까 두려워서 내 욕구에 대한 배려가 없었다는 사실은 뒤늦게 깨달았다. 남들에게 배려 있는 나로 남기 위해 내가 좋아하는 것, 원하는 것은 뒤편으로 미뤄 놓았다. 내가 원하는 걸 잘 모르니 정확한 언어로 표현하는 일조차 어려워한다는 사실을 깨달았다.

깨달음을 얻은 뒤, 스스로에게 던지는 질문을 늘렸다. 대패 삼겹살과 두툼한 삼겹살 중에 무엇이 더 좋은지, 애거사 크리스티와 코넌 도일의 추리소설 중 무엇이 더 좋은지 등 시시콜콜한 질문부터 시작했다. 특히 혼자만의 외출이나 여행은 나를 잘 알아가는 기회였다. 세심한 여행 가이드가 된 듯, 무엇을 먹고 싶고 구경하고 싶은지 나 자신에게 정성스러운 질문을 던졌다. 크고 작은 답을 내리면서 내가 구체적으로 원하는 걸 알아가게 되었다.

사소하게 시작한 질문은 점차 커다란 물음에 이르렀다. 무슨 일을 해야 내 마음이 풍요로워질까. 내가 행복을 느끼는 순간은 주로 어떤 때일까 등의 질문을 거듭하자 몇 가지 결론에 다다랐다. 나는 내면의 생각을 말이나 글로 표현하는 행위를 좋아하고, 정해진 규칙이나 루틴에 따라 행동해야 안심하는 편이었다. 사람들과 만나 이야기 나누는 것을 선호하나 일주일에 한 번쯤은 홀로 어디론가 나가 영화를 보거나 공원을 산책해야 숨 쉬며 살 수 있는 사람이었다.

원하는 것을 알게 되자, 이를 말로 옮기는 일은 비교적 수월해졌다. 무엇인가를 먹고 싶다고 말하거나 술에 취하고 싶다는 말을 내뱉는 건 여전히 어렵지만, 조금은 나아졌다. 내 욕구를 당당히 표현한다고 해서 사람들이 나를 미워하거나 뻔뻔한 사람으로 여기는 것도 아니었다. 욕구를 직선으로 표현하니 주변인들도 답답해하지 않았다. 욕구 표현의 직선 도로를 달리기 시작하자 답답함과 서운함이 줄어들기 시작했다.

타인으로부터 이해받지 못한다고 느낄 때가 있다. 나조차 나를 몰라 안개 속에서 헤매는 느낌에 휩싸일 때도 있다. 이럴 때는 간단한 욕구부터 다차원적인 욕구까지 지금 내가 무엇을 원하는지 생각하고 언어로 표현해 보자. 사람들과 속 깊은 대화를 하고 싶은 욕구를 "우리 늘 비슷한 이야기를 주고 받는 것 같아"라고 하거나, 돈을 많이 벌고 싶은데 "자기 성장을 하고 싶다"고 에둘러 이야기하는 것은 아닌지. 욕구를 부끄러워하지 말고 직진차로를 걸어보자. 우회로를 걸을 때보다 답답함이 줄어들 것이다.

거절은 나쁜 게 아니다

"우리 아침마다 테니스 레슨 함께 받는 게 어떨까? 같이 운동하면 재미있을 텐데…"

수화기 너머로 친구 F가 조심스럽게 이야기를 꺼냈다. 그는 이미 몇 달 전 나에게 필라테스를 함께 해보자고 권한 적이 있다. 당시에는 시간을 길게 끌지 않고 거절했다. 두 번째 제안이었다. '테니스 레슨'은 머나먼 이국의 단어로 느껴질 만큼, 나는 몸치였다. 무엇보다 아이가 유치원에 가서 내가 홀로 오롯이 누릴 수 있는 시간은 고작 다섯 시간 남짓이었다. 길다면 길고 짧다면 한없이 짧은 시간. 빨래를 개고 설거지하고, 저녁을 미리 한 뒤(짧은 시간 안에 요리를 못하기에 선택했다), 글을 쓸 수 있는 시간이 총 다섯 시간뿐이었다. 쪼개거나 나누어 테니스 레슨에 할애할 시간이 없었다.

거절의 이유가 분명한데도 F의 제의에 쉽게 고개를 내젓지 못했다. 이유는 분명했다. 또다시 NO라고 하면 상대가 상처받을 것 같았다. 한 번 생각해 보겠다는 애매모호한 답을 내놓고 전화를 끊었다. 똑 부러지게 "하고 싶지 않다"는 대답을 빨리 내놓는 편이 낫다는 사실, 물론 머리로는 알고 있었다. 그러나 머릿속 명령과는 다르게 입 밖으로 말이 나오질 않았다.

살면서 종종 비슷한 상황을 마주했다. 제의보다 주로 애매한 부탁을 받을 때 거절의 문턱을 서성거렸다. 본인의 일을 은근히 떠맡기는 직장동료의 요구, 돈 좀 빌려달라는 친구의 부탁에 NO라는 말을 단칼에 꺼내 들지 못했다. 시간을 질질 끌며 애매하게 돌려 거절하다가 욕을 두 배로 먹는 경우도 생겼다. 다른 사람의 일이라면 YES와 NO를 재빨리 판단하고 외치라고 권유했겠으나 막상 내 일이 되자 단호함은 저 멀리 사라졌다.

따지고 보면 F는 나에게 은근슬쩍 일을 떠넘기거나

무리한 부탁을 하는 게 아니었다. 함께 운동에 힘써보자는 건강한 제의를 한 셈이었다. YES를 외칠까 잠깐 생각하다 고개를 저었다. 원치 않는 일에 시간을 보내며 불평하고 있을 미래의 내가 머릿속에 떠올랐으니까. 어찌해도 결론은 NO로 수렴되었으니 마음은 이미 답을 내놓은 게 분명했다. 다만 거절의 말을 어떤 방식으로 전달해야 할지 고민되었다.

거절의 순간마다 망설이는 이유

NO가 입 밖으로 나오지 않고 맴도는 이유는 무엇일까. 우유부단한 내 성격을 제1 범인으로 지목할 만하다. 평소 부탁이나 권유를 잘하지 못하는 스타일이다. 왜 그럴까 생각해 보았는데 거절의 상처를 의식하며 생기는 일이 많았다.

나 역시 타인에게 무언가를 제안하거나 부탁했다가 거절당하는 순간을 겪어봤다. NO라는 말을 듣는 걸 누구보다 싫어하는 나였다. 그 말이 권유나 부탁에 대한 거절이라는 사실을 머리로는 안다. 그러나 무의식은 어느새인가 나 자신이 거부당했다는 서운한 마음에 닿아 있었다. 거부에 대한 두려움을 크게 가지고 있는, 소위 회피형 성격의 소유자가 나였다. 이래저래 거절은 당하는 사람에게 가슴 아픈 것이라 여겼다.

인간관계에 민감한 사람은 비교적 깊게 타인의 감정에 깊게 이입한다고 한다. 누군가가 나에게 부탁이나 제안을 할 경우, 그 말을 건네는 상대방의 입장에 쉽게 공감했다. 친한 상대일 경우 더 그렇다. 내가 누군가에게 거절당했던 순간이 생각나고, 거절당할 상대방의 상처를 짐작하게 된다. 거절을 당한 사람이 시원스레 괜찮다는 말을 건네도 미안함이란 감정은 좀처럼 사그라들지 않았다. '속으로 상처받은 것 아닐까. 미안해서 어쩌지' 생각이 맴돌며 내가 그 관계에 손을 놓아버린 것처럼 안절부절 어쩔 줄을 몰라한다.

또 다른 이유도 존재한다. 우리 사회가 거절하기 편한 분위기를 가진 게 아니다. 당장 인터넷 포털에 '거절하는 방법'을 검색해 보면 알 수 있다. 부드럽게, 남의 기분을 상하게 하지 않으면서, 욕먹지 않는 방향으로 거절하는 수백 가지 방법이 쏟아져 나온다. 수많은 이들이 현재도 현명하게 거절하는 방법을 고민 중이다.

심리학자 허태균 교수는 자신의 저서《어쩌다 한국인》에서 한국인의 특성 중 하나를 관계주의로 규정한 바 있다. 그에 따르면 한국인은 서구처럼 개인의 자율을 중시하는 개인주의도, 일본처럼 집단의 목적에 관심을 두는 집단주의 문화에도 속하지 않는다고 한다. 오히려 타인과의 관계를 주요한 관심사로 두는 경우가 많다. 집단의 공정성이나 효율성보다는 가까운 주변 사람을 챙기는 데 더 큰 관심을 두는 관계주의 문화에 가깝다는 이야기다.

생각해 보면 우리는 관계 속에서 나를 규정하는 데 익숙하다. 나 역시 머릿속으로 누군가의 딸, 아내, 한 아이의 엄마로 스스로를 정의할 때가 많았다. 타인과의 관계를 떠나 누군가에게 나를 소개하는 일은 어렵다. 이런 분위기에서 사람들 사이의 관계는 선택이나 행동의 제1 요인이 된다. 소통을 위해 눈치를 보는 일은 일상다반사다.

거절하지 못하는 상황에 놓이는 것도 이런 분위기와 밀접한 관련이 있다. 관계의 유지나 강화가 매우 중요한 일이 되어버리므로 상대의 부탁을 거절하는 게 어렵다. 함께 하고 있던 일을 중단하는 것도 쉬운 일은 아니다. 관계의 유지를 위해 노력하지 않는 모습으로 비칠 수 있고, 이 때문에 관계가 영영 어그러질 수 있기 때문이다.

거절하는 법을 연습하기

앞서 말했듯 현명한 거절을 위한 수많은 방법이 인터넷에 존재한다. 단호하고 명확하게, 대체로 빠른 타이밍에, 메시지를 보내는 것보다는 직접 얼굴을 보고 거절하는 게 좋다. 적당히 시간을 두고 심사숙고했다는 느낌을 전한 후 거절하는 것도 기술이다. 그러나 시간을 너무 끌어서도 안 된다. 희망고문을 하며 상대방의 기대감을 키우다가 거절 후에 오히려 더 큰 욕을 먹을 가능성도 높다.

거절이 어려운 이유가 상대에게 상처 주고 싶지 않기 때문이거나 관계 중심의 문화 때문이라면 한 가지 염두에 둘 것이 있다. 거절할 때 '부탁이나 제안에 대한 거절'과 '너와 나의 관계'를 분리해 전달하는 것이다. 즉 나는 너의 부탁을 거절하는 것이지, 너와의 관계를 포기하는 것이 아니라는 걸 상대방에게 알려주는 게 좋다. 가령 내가 F에게 무턱대고 "나 테니스는 치고 싶지 않아"라는 메시지만 전달하면 오해를 불러일으킬 가능성이 있다. 내가 테니스(제안한 것)를 거부하는 것인지 F와 무엇인가를 하는 것(관계)을 거부하는지 알 수 없기 때문이다. 그래서 거절의 의사를 전달할 때, 내가 너와의 관계를 중요하게 생각한다는 메시지를 전달하는 게 좋다. 관계 유지의 욕구를 비춰주면 상대도 흔쾌히 거절을 받아들이기 쉽다.

F와의 예를 들어 설명해 본다면 "나는 늘 너랑 무엇인가를 함께 하고 싶은 마음이 있어(관계를 유지하고 싶은 의지를 먼저 보여줌). 그렇지만 테니스를 하기에 내게 문제가 있는데, 무슨 문제냐면…(제안을 거절하는 합리적 이유를 알려줌)" 이런 방식으로 의사를 전달하는 편이 효과적이다.

거절의 말을 시작할 때 어떤 식으로든 나는 너와의 관계를 중시한다는 의지를 표현하는 것이다. 먼저 그 의사를 건넨 후 부탁이나 제안을 들어주기 어려운 합리적 이유를 명확히 댄다. 물론 이 예시는 상대방과의 상호 관계가 매우 중요한 상황에 한해 말하는 것이다. 필요할 때만 연락하거나 나를 감정 쓰레기통으로 여기는 상대에게까지 세심한 배려를 무한정 쏟을 필요는 없다.

중요한 건 내가 거절에 최선을 다했다는 사실이다. 정성을 다해 거절의사를 밝혔음에도 상대방이 그 말을 기분 나쁘게 생각하거나 상처 받을 가능성은 있다. 나와의 관계에 회의감을 느낄 수도 있다. 그러나 이때부터 상대방의 감정은 상대방의 책임 영역에 있음을 기억해 두자. 내가 책임지거나 돌려놓을 수 없는 부분이다. 상대방의 감정을 눈치 보고 쩔쩔매며 부탁이나 제안을 받아들이다 관계가 더 나빠질 가능성도 있다.

현명한 거절은 먼저 상대방과의 관계를 명확히 인지하고 부탁이나 제안의 합리성을 파악한 후 이루어져야 한다. 거절을 당하는 상대가 상처를 받지 않도록 노력할 필요도 있다. 그러나 어떤 경우에도 상대방의 감정은 내가 완벽히 좌지우지할 수 없는 것이다. 아무리 내가 최선을 다해 세심한 배려로 거절했음에도 상대방이 상처를 받는다면, 그건 상대가 처리할 감정의 영역이다.

누군가에게 상처주기 싫어 우물쭈물 YES를 꺼내놓을 필요는 없다. 거절하고 싶은 일을 꾸역꾸역 다 하며 살기에 우리 인생은 너무 짧다.

죄송한데요 금지, 미안해 금지

"우리한테 뭐가 그렇게 미안한데. 그만 미안해해."

1년 만에 만난 친구가 눈을 염려의 눈빛을 담아 말했다. 해외 살이 중 오랜만에 한국 휴가를 갔던 시기였다. 한국에 들른 날 만나러 와준 친구들에게 빚진 표정으로 "나와 오늘 만나줘서 고맙다", "바쁜 시간 빼앗아서 미안하다"고 연신 말하던 중이었다. 감사와 미안함을 전달하는 말이 자동반사적으로 튀어나왔다. 친구가 조용히 타이르기 전까지 이 말을 반복 중임을 스스로 깨닫지 못했다.

되짚어 보면 자존감이 유유히 바닥을 흐르던 시기였다. 삶이 나에게 끊임없이 엎드리라고, 겸손해지라고 속삭이는 중이었고, 저자세는 일상처럼 굳어져 있었다. 입으로는 "나와 오늘 만나줘서 고맙다"는 말을 했지만, 자세히 뜯어보면 "나(같은 미천한 존재)와 오늘 만나줘서 고맙다"라는 말이 마음을 떠돌고 있었다.

내게 죄송하다는 말버릇은 꽤 역사가 긴 편이었다. 학창 시절이나 직장 시절을 되돌아봐도 나는 겸손함 내지 공손함을 가장한 말을 방패막이로 썼다.

"죄송한데요, 제가 이런 문제가 생겨서요."

"죄송하지만 이것 좀 해주실 수 있나요?"

"제 말이 맞는지 모르겠지만, 제 생각은요…."

"그건 제가 잘 모르는 부분이지만요…."

상대에게 손톱만치라도 폐를 끼칠 수 있는 상황, 상대의 의견에 이의를 제기할 일이 생기면 "죄송하지만" 내지는 "죄송한데요"를 남발했다. 이미 잘 알고 있는 사안을 이야기할 때도 "제가 잘 모르지만요"를 말머리에 붙였다. 음식점에서 추가 주문하거나 시장에서 거품 낀 물건값을 깎을 때조차 죄송하다고 끊임없이 말했다. 심지어 상대에게 고마울 때도 고맙다는 말 대신 죄송하다는 말을 내뱉었다. 겸손과 공손의 언어를 언제 어디서든 꺼낼 준비가 되어 있었다.

강박관념처럼 내뱉던 "죄송한데요" 속에는 무엇이 숨어 있었을까. 상대에 대한 적절한 배려, 사회생활에서 쌓은 대화 기술이 자리 잡고 있었음은 물론이다. 그러나 마음 한편에 은근한 두려움이 존재하고 있었다. 무언가를 부탁하거나 요구했을 때, 상대가 나에게 불쾌한 기분을 느끼는 게 싫었다. 누구의 기분도 언짢게 만들지 않아야 한다는 무언의 규칙이 있었고, 그 규칙에 위배되는 상황은 피하고 싶었다. 만약 그가 언짢고 불쾌한 마음을 티내면 나도 상처받을 가능성이 높으니까.

일종의 선제 방어였던 셈이다. '나는 내 생각을 말하기 전에 미리 미안하다는 말을 해둘게. 너는 내 말에 불편해하지 마' 정도의 메시지가 담겨 있던 건 아닐까. 내 의견에 방해나 이의 제기를 받고 싶지 않아서 겸손한 태도를 마법의 망토처럼 둘러쳤다. 공손한 사람으로 보이고 싶었고, 눈치 없이 나대다 미움받지 않기 위해 애썼다.

죄송과 미안을 입에 달고 산 결과, 대부분의 경우 나는 예의 있는 사람으로 통했다. 의도치 않은 부작용도 가끔 발생했다. 그런 말을 거듭하며 나는 스스로를 무언가를 잘 모르는 사람, 먼저 죄송한 사람, 내 의견이 불분명한 사람이 되어갔다. 대다수는 그렇지 않았으나, 어떤 이들은 악의 없이 내 저자세를 점차 당연한 것으로 여겼다.

동등한 관계로 시작해도, 균형을 유지하려는 양자 간 노력이 없으면 관계는 한쪽으로 기울어진다. 한쪽이 저자세를 깔고 가면 자연스럽게 관계의 중심은 다른 쪽으로 옮겨가게 마련이다. 마키아벨리Niccolò Machiavelli는 《군주론》에서 겸손의 미덕으로 상대의 거만함을 이길 수 있다고 믿는 자는 잘못을 범하게 된다고 했다. 500년 전에 살았던 정치철학자의 냉정한 말이, 현대 사회에도 일정 부분 맞는 이야기임을 인정하게 되었다.

쓸데없는 죄송함과 미안함을 줄일 수만 있다면

가끔 나처럼 과하게 겸손한 이들을 마주쳤다. 묘한 익숙함이 맴돌았다. 지인 G도 기시감을 느끼게 하는 인물이었다. 그는 나누는 대화의 절반 이상을 자기 비하 개그로 채우고 있었다. 특히 "나처럼 생기면 살기가 힘들다"며 자신의 외모를 깎아내리는 유머를 자주 구사했고, 결과적으로 G의 외모는 모임에서 자주 유머 소재가 됐다. 간혹 적당한 선을 모르는 이들은 그를 함부로 대했다. 무례한 말을 들은 후 G의 얼굴에는 서운함과 분노를 애써 감추기 위한 억지 미소가 맴돌았다.

나도 G도 한 가지 사실을 잊고 있었던 셈이다. 날 우습게 만들 정도로 저자세를 유지할 필요는 없었다. 누군가를 만나면서 상대에게 "나와 만나줘서 고맙다"는 말을 반복해 건네는 건 불필요한 행위였다. 쌍방이 즐거운 만남이라면 그걸로 충분했으니까. "제 말이 맞는지는 모르겠지만"이라는 이야기로 내 말에 대한 신뢰를 앗아가 버릴 수도 있었다. 자기 비하 개그는 타인에게 웃음을 안겨줄 수 있지만, 모두에게 유쾌한 건 아니었다.

예의 없거나 무례한 말투가 아니라면 상대는 나를 건방진 사람으로 취급하지는 않는다(사실 건방진 이로 취급받아도 인생에 큰일은 벌어지지 않는다). 개인적인 의견이나 내가 아는 정보를 꺼냈다가 누군가에게 이의 제기를 받을 수도, 공격을 받을 수도 있다. 살면서 어쩔 수 없이 일어나는 갈등은 피하기보다 때때로 마주칠 수밖에 없는 상황이다. 사람들은 공손한 이를 선호하지만,

스스로를 깎아내리는 사람까지 존중하지는 않는다.

말머리마다 죄송과 미안을 남발하고 있다면, 그 횟수를 의식적으로 줄일 필요가 있다. 스스로를 깎아내리는 유머도 적당히 구사하자. 자존감은 언어 습관에서 나오기도 하는 법이다. 자기 존중이라는 경계선 안에 있어야 겸손도 재치도 효과를 발휘한다.

존댓말과
반말의
경계선에서

육아휴직을 하고 나서 새로운 인간관계의 장이 열렸다. 아이 친구 엄마 또는 동네 엄마라는 관계를 마주하게 된 것이다. 이전까지 나를 둘러싼 인간관계는 가족, 직장동료, 친구, 선후배 정도의 카테고리로 분류할 수 있었다. 아이 친구 엄마는 기존의 관계와는 다른, 신세계에 해당했다. 사회집단이나 조직을 근거로 맺어진 관계가 아니었고, 나와 상대방 사이에 아이라는 매개체가 존재하는 독특한 형태를 갖추고 있었다. 처음에는 난감했다. 무슨 주제로 대화의 물꼬를 터야 하는지 방법을 몰랐기 때문이다. 어색한 미소를 띠며 'OO 엄마'라 상대를 부르고는 했다.

새로운 관계 맺기에 적응해가던 어느 날, 아이 친구 엄마 중 하나였던 H가 나에게 물었다.

"내가 세 살 위니까 말 놓아도 되겠지요? 친해지려면 그럴 필요가 있을 것 같아서요."

그날이 초면인 만남이었다. 난감했다. H가 나에게 말을 놓으면 나는 그에게 존댓말을 해야 하는 걸까? 서로 말을 놓으면 관계가 돈독하고 친밀해지는 건가? 그 간단한 제의 한 마디에 머릿속이 혼란스러워졌다.

숫자 뒤에 숨은 질서

한때 〈하트시그널〉이라는 연애 리얼리티 프로그램을 홀린 듯 시청하던 시기가 있었다. 청춘남녀가 함께 한 달간 합숙하면서 커플이 될 가능성을 가늠해 보는 포맷, 이제는 흔하디흔한 형식이 되어 버린, 그러나 당시에는 꽤 신선한 콘셉트의 리얼리티 프로그램이었다. 합숙 첫날에는 서로의 나이나 직업을 밝히지 않는 것이 이 프로그램의 규칙 중 하나다. 두 번째 날 저녁이 되어야 출연자들은 자기소개 시간을 통해 서로의 나이와 직업을 알 수 있었다.

흥미로운 것은 첫날의 광경이었다. 상대방의 나이를 제대로 알지 못하는 출연자들은 서로 존댓말을 했고, 대부분의 출연자는 서로의 나이를 몹시 궁금해했다. 상대방의 얼굴을 보고 나이를 추측하는 출연자도 존재했다. 나보다 나이가 많을 것 같은 상대에게 존댓말을 들어 어딘가 불안함을 느끼는 출연자도 있었다.

물론 이 합숙의 목적이 연애나 썸을 타는 것이고, 프로그램 내에서 이성의 경우 잠재적 연애 대상자에 속하므로 나이는 충분히 궁금할 만한 소재다. 그러나 썸의 대상이 아닌 성별이 같은 출연자의 나이 역시 관심의 대상이었다. 아마도 나이에 얽혀 있는 호칭과 존대의 문제가 그 뒤에 숨어 있지 않을까 싶었다.

한국인에게 상대의 나이를 알게 되는 시점은 나름대로 편안함을 얻는 순간이다. 상대방에게 존댓말을 해야 할지, 반말을 할지, 어떤 방식으로 대해야 할지 제대로 정해지는 때니까. 처음 만난 이들끼리 통성명 외에도 나이를 묻는 건 비교적 흔한 일이다.

나도 크게 다르지 않았다. 직장이나 동호회 등에서

새로운 사람을 만나면 자연스레 그 사람의 나이를 먼저 물어봤다. 순수하게 숫자가 궁금한 건 아니었다. 공적인 관계가 아닐 경우 나이를 알아야 상대방을 어떤 언어의 형식으로 대해야 할지가 명확해졌기 때문이다.

이처럼 우리나라에는 존댓말 또는 반말을 쓰는 독특한 언어문화가 있다. 언어학자 촘스키Noam Chomsky는 각 언어가 그 내적 형식 안에 일정한 세계관을 숨기고 있다고 말한 바 있다. 같은 말 한마디로 한 사회의 언어는 그 사회에 살고 있는 사람들의 생각을 담고 있고, 사람들은 언어의 형식 안에서 생각하게 된다는 이야기다. 우리나라의 존댓말 체계도 마찬가지다. 우리는 존댓말과 반말이라는 언어 형식 아래에서 사고하고, 관계를 형성한다.

반말과 존댓말의 존재로 인해 우리 사회에는 인간관계 안에 나이에 따른 상하관계와 서열이 자연스럽게 자리 잡는다. 보통 존댓말 대접을 받는 사람은 반말 대접을 받는 사람보다 윗자리에 존재하게 된다. "이것 좀 가져와", "아이디어 좀 내 봐" 등 한 문장 한 문장을 말로 옮길 때마다 내가 상대방에 비해 어떤 위치에 있는지 확인하게 되는 셈이다.

반면 반말 대접을 받는 사람은 상대방에게 공손

한 태도를 유지해야 한다는 압박을 받는다. 가장 난감한 때가 존댓말로 높여줘야 하는 상대의 의견에 반박할 때다. 나이가 어린 사람이 윗자리에 있는 사람에게 "저, 지금 말씀하신 건 제대로 된 생각이 아닌 것 같습니다"라고 말하기는 쉽지 않다. 이 말을 반말로 바꾸어 본다면 어떨까. "그건 좀 이상한 생각이야"라는 말은 좀 더 내뱉기 쉽다. 언어의 형식은 대화의 내용이나 인간관계의 방식에 영향을 끼친다. 높임말과 낮춤말을 단순히 형식적인 틀이라고 단정지을 수 없는 이유다.

너와 내가 수평과 수직이 될 때

인간관계나 대화, 말투에 민감한 당신이라면 반말 제의에 어떻게 응해야 할까. 물론 반말과 존댓말을 설정하는 건 개개인의 자유다. 그러나 신중할 필요는 있다. 반말과 존댓말의 사용 여부를 정하는 것은 단순히 말의 높임과 낮춤을 정하는 일이 아니다. 우리 사회에서는 이것이 개인 간의 관계를 설정하는 일과 관련된다. 특히 나이가 다른 직장동료나 지인 사이에서 한쪽은 반말을 쓰고 다른 한쪽은 존댓말을 사용함으로써 어느 정도 당사자 간의 위아래 관계가 규정될 수 있다.

물론 모든 사람이 평등하게 반말을 해야 한다 주장하는 건 아니다. 결국 가장 이상적인 관계 맺기는 상호 존중을 밑바닥에 깔고 있어야 가능하다. 게다가 충분한 친밀감이 바탕이 되지 않은 관계에서 한쪽만 말을 놓는 것은 '너와 나 사이의 수직적인 관계를 받아들이겠다'는 생각에 동의하는 의미가 될 수 있다. H가 반말 제의를 하였을 때, 반말과 존댓말의 경계에서 망설였던 것은 그 때문이었다.

반말 제의에 NO를 날렸다

앞의 이야기로 돌아가 반말 제의를 한 H와는 어떤 결론을 내게 되었을까? 나는 NO를 외쳤다. 물론 성격상 당당하게 이야기한 것은 아니다. 상대의 눈치를 보며 조용히 말했다.

"아직은 말을 놓기가 어색하네요. 좀 더 시간이 지나고 생각해 보는 것이 어떨까요?"

의외로 상대 역시 흔쾌히 받아들였다. 첫 만남부터 거리를 두는 사람 정도로 나를 분류했을지 모르나, 적어도 나의 NO에 대해 불편한 감정을 겉으로 드러내지는 않았다. 그것으로 충분했다. 사적으로 만나게 된 사람 중 많은 이들이 나이가 많다는 이유로 말을 한 번에 놓는 경우가 많았지만, 그에 비하면 H는 매우 예의 바른 사람이었다. 그 이후 우리는 계속 존댓말을 사용했고, 존댓말을 쓰면서도 충분히 친해졌다.

관계가 매우 가까워지는 경우 내가 먼저 말을 놓아달라 부탁하는 경우도 있다. 그러나 이제는 새롭게 만나는 이들 중 나보다 나이가 어린 지인들에게는 웬만하면 말을 놓지 않는다. 기본적으로 존대하는 게 서로에게 편하다는 생각을 하기 때문이다. 섣부른 말 놓기로 인해 부작용이 생기는 일도 있었다. 나도 모르게 상대방에게 지나치게 편하게 대하거나 무례하게 구는 경우가 간혹 생겼다. 친밀감이 무례함으로 변하기 일쑤였다.

존댓말로 인해 누군가와 친밀감을 쌓지 못한다고 생각하는 이들도 있다. 그러나 서로의 관계에 존중의 방어선이 있어야 친밀감도 건강하게 쌓이는 것 아닐까. 반말을 거부하는 사람을 불편하고 예민한 사람으로 치부하는 이가 있더라도 크게 상관없다. 상호 존중을 밑바탕에 깔아둔 뒤 반말을 꺼내도 늦지는 않으니까.

4장

외로움을 놓아두기

나에 대한
작은 오해를
놓아둘 용기

"너는 착하잖아. 그래서 좋아."

직장에 다닐 때 알던 지인 I는 종종 다정스러운 눈길로 이 말을 건넸다. '착하다'는 형용사의 의미를 헤아리다 문득 나 자신을 변론하고 싶은 마음이 들었다.

"나 착하지 않아. 나쁜 생각도 자주 하고, 거짓말도 자주 해. 그리고 생각보다 화도 자주 내. 나는 정말 착하지 않아."

변명 같기도, 해명 같기도 한 말을 구구절절 늘어놓았다. 내가 착하지 않은 이유를 백만 개쯤 읊어댈 기세로. 그날 나는 왜 스스로가 착하지 않다고 I에게 알리려 했을까? 두 가지 이유가 있었다. 첫째로 나는 '착하다=만만하고 우유부단해 보인다'는 등식을 머릿속에 성립해 놓았다. I의 말이 분명 순수한 칭찬이었음에도 내 마음속 꼬인 매듭 어딘가가 '착하다'라는 형용사에 저항했다. 상대에게 실망감을 안겨주고 싶지 않은 마음도 있었다. 내가 생각만큼 착하지 않은 행동을 보일 때, I가 나에게 실망할 것 같았다. 상대가 나의 성격을 오해하지 않고 있는 그대로 이해해 주길 바랐다.

비슷한 일은 자주 벌어졌다. 해외에서 낯선 사람들과 어울려 지내던 시기가 유독 그랬다. 마음이 약하고 여려 보인다는 평가를 곳곳에서 들었다. 많은 이들이 그런 성격으로 아이들을 어떻게 가르쳤냐는 걱정을 덧붙였다. 당황스러운 평가에 억울한 마음이 들어 반박해댔다.

"저 그렇게 허약하거나 여리지 않아요. 30년간 살면서 몸이 약해서 쓰러진 적도 없고요. 직장에서 일할 때는 그렇게 약해 보이는 이미지도 아니에요."

마음이 여려 보인다는 건 정신이 나약해 보인다는 의미 아닌가. 남들에게 여려 보이다, 만만한 이미지로 보이고 싶지 않았다.

문제는 내가 누군가에게 평균 이상으로 괜찮아 보일 때도 비슷한 반응을 보였다는 점이다. 상대가 나를 현실 속 나보다 훌륭하게 봐줄 때도 사실을 모두 수정해서 알려주고 싶어서 안달이 났다. 나에 대한 오해가 조금이라도 존재한다면 사람들의 오해를 모두 수정하고 싶었다.

덜하지도 않고 더하지도 않은 딱 '나만큼의 나'로 보이고 싶었다. 순도 100퍼센트의 나로 비추어지고픈 욕구, 과장이나 비하 없이 누군가에게 이해받고 싶다는 욕심이 있었다. 나에 대한 오해를 전부 아니라고 해명해 둬야 훗날 상대가 나에게 실망하지 않을 것 같았다. 결과적으로 나에 대한 설명을, 긴긴 해명을 밑도 끝도 없이 반복하고 있었다.

우리는 타인을 완벽히 이해할 수 없다

마크 웹 감독의 영화 〈500일의 썸머〉는 남녀 간의 썸과 연애를 다룬 인상적인 영화다. 다소 어리숙해 보이지만 솔직한 청년 톰은 같은 회사 동료 썸머를 사랑하게 된다. 사랑에 한창 빠져들 때, 그는 애정이 담긴 시선으로 썸머를 주시한다. 그녀의 미소와 머리칼, 무릎, 목에 있는 하트 모양의 점까지도 사랑스러운 무언가로 해석한다. 사랑에 빠진 사람들이 대개 그렇듯, 톰의 머릿속에서 썸머의 모든 특성은 미화된다.

그러나 두 사람의 연애가 끝난 후, 톰이 기억하는 썸머는 같은 인물이지만 명백히 다른 해석 안에 있다. 톰은 썸머의 삐뚤삐뚤한 치아, 울퉁불퉁한 무릎, 목에 있는 바퀴벌레 모양 얼룩까지도 전부 싫다고 읊조린다.

영화는 철저히 톰의 시선으로 진행된다. 그동안 연애를 했다는 사실까지 부인한 썸머는 톰에게 있어 '어장 관리하는 나쁜 여자'다. 그러니 우리가 영화를 통해 보는 썸머는 철저히 톰의 시선에서, 톰이 쳐놓은 필터를 통해 이해할 수 있는 타인이다. 톰은 썸머라는 인간의 실체를 알고 있다고 착각하나, 실제로 자신의 틀 안에서 그녀를 읽어낸다.

어디서나 적용 가능한 이야기다. 우리는 자신만의 시선과 사고방식이라는 프레임 안에서 타인을 이해한다. 심지어 내가 생각하는 나조차 상황마다 다르게 해석될 때가 있다. 자신감이 넘칠 때는 나를 스스로 멋진 인간으로 인식할 때도 있으나 반대로 형편없는 인간으로 해석하는 시점도 있다. 스스로가 제법 양심적인 인간으로 여겨질 때도 있으나 반대로 비양심의 극치로 느낄 때도 있다.

철학자 칸트Immanuel Kant의 말처럼 우리는 사물을 있는 그대로 보지 않고, 우리에게 비추어서 바라본다. 우리는 나만의 프레임을 가지고 주변의 상황과 사람을 바라본다. 우리는 타인을 완벽히 이해할 수 없다. 변하지 않는 진리다. 모든 사람의 머릿속에는 거대한 편집기가 자리 잡고 있으니까. 나의 특성이 누군가에게 완벽히 이해받을 수 있을 것이라 생각하면 그것 역시 오산이다. 타인에 대한 크고 작은 오해는 미세한 공기처럼 어디에나 존재하게 마련이다.

예민하고 직관력 좋은 사람이라 해도 예외일 수 없다. 나도 마찬가지지만, 다른 사람의 기분이나 태도를 민감하게 인지하고 직관적으로 상황을 이해하는 이들은 착각에 빠지기 쉽다. 타인의 사고나 행동을 한순간에 판단하고 내 '감'이 맞을 것이라 착각에 빠지는 경우가 많았다. 그러나 소위 감이라는 건 맞을 때도 있고 틀릴 때도 있다. 내가 타인을 온전히 이해하기 어렵다는 점을 인정하고 그의 이야기를 경청하는 자세가 필요하다. 타인을 완벽히 이해하는 것은 불가능하지만, 완벽히는 아니더라도 이해해 보겠다는 노력을 기울이는 것만으로도 외로움은 줄어든다.

나에 대한 작은 오해를 놓아둘 용기

나에 대한 작은 오해를 모두 거부할 필요는 없었다. 순도 100퍼센트의 나를, 저 사람은 왜 몰라줄까 억울해할 필요도 없었다. 사람들에게는 서로를 조금씩 오해할 자유가 있다.

물론 치명적인 오해는 정정할 필요가 있다. 내가 하지 않은 이상한 행동을 저질렀다고 소문이 났다든지, 대화 한 마디 나눠보지 못한 사람과 염문설이 났을 경우 같은.

그렇지만 "착해 보인다" 정도의 가벼운 오해가 쌓인다고 해서, 그것이 그 사람과의 관계에 치명적인 문제가 될까? 물론 착하기만 하고 만만한 사람으로 보일까봐 억울한 마음도 솟아날 수 있다. 나중에 그 사람이 나의 다른 모습을 보고 실망하거나 나를 떠나갈까 불안함이 엄습해 오기도 한다. 그러나 내 본질이 그런 사람들의 오해에 심각하게 흔들릴 만한 것이 아니라면 적당한 선에서, 오해는 그대로 놓아두어도 괜찮다. 그 사람의 오해는 오해고, 나는 결국 나이기 때문이다.

이제는 누군가 자신만의 틀로 나를 판단해 말할 때 유연하게 대처하기로 했다. 크나큰 오해가 아니라면 밑도 끝도 없이 나를 설명하려 들지 않는다. 그저 "당신 눈에 비친 내가 그렇게 보였나 봐요. 그렇게 생각할 수도 있지만요." 정도로 대꾸한다. 구태여 설명과 논쟁을 거듭할 필요는 없다. 크게 억울할 필요도 없다. 그 사람은 그 사람의 관점에서 사실을 보았을 뿐이고, 나를 온전히 이해시키겠다는 굳은 결심도 일종의 오만이다. 우리는 서로를 조금씩 오해하며 살아간다.

우리 각자의 세계

교사가 되던 첫해에 나는 비담임이었다. 교사의 일상은 대체로 담임을 맡는지, 맡지 않는지에 따라 확연히 달라진다. 담임이 되면 아이들의 일상을 살피고 돌보거나, 학급 아이가 사고 친 일을 수습하느라 시간이 쏜살같이 지나간다. 반면 비담임은 그런 책임에서는 비교적 자유롭다(대신 과도한 업무나 수업 시간에 시달릴 가능성이 매우 높지만). 초보 교사 시절, 나는 여러모로 운이 좋은 편이었다. 교과수업과 맡겨진 업무를 수행하며 비교적 안온한 한 해를 보낼 수 있었다.

그러다 1년 중 잠시 임시 담임을 맡게 된 적이 있었다. 내가 부담임으로 지정된 반이 있었는데 담임 선생님이 개인 사정으로 일주일 결근을 했고, 내가 그 자리를 대신했다. 무섭고 엄하던 담임교사가 자리를 비운 날부터 아이들이 나에게 몰려오기 시작했다. 아이들은 대다수 두통으로 고생했고, 복통과 감기에 시달리기 시작했으며 집에 피치 못할 일이 생겼다며 각자의 사연을 호소했다. 결국 원했던 건 조퇴 허가증이었다. 당시의 나는 누가 봐도 초짜였다. 아이들이 말하는 참과 거짓의 진위 여부를 가릴만한 재주도, 능글맞게 아이들을 설득할 능력도 없었다. 결국 아이들의 조퇴증과 보건실 확인증 등을 끊어줄지 말지 고민하며 일과 시간 대부분이 지나갔다. 종례 준비를 위해 교무실에 온 반장이 그 광경을 지켜보더니 안쓰러운 표정으로 말했다. "쌤, 너무 착해요." 착하다는 말이 딱하다는 뜻으로 들렸다.

되돌아보면 나는 아이들과의 관계에서 착한 교사를 넘어 속여 넘기기 좋은 존재가 되어 있었다. 당시에는 사람과 사람 사이에 미묘한 에너지 교환이나 기선제압이 존재한다는 걸 깨닫지 못했고, 인정하고 싶지도 않았다. 그러나 어느 순간 주변을 둘러보니 아이들이 소위 엄격한 교사에게는 조퇴의 조자도 꺼내지 못한다는 사실을 깨달았다. 교사가 지닌 인내심의 역치를 아이들은 절묘하게 알아차리고 있었다. 상대에 따라 적절히 행동의 수위를 조절하며 대응할 줄도 알았다.

인간의 본성이 약육강식 동물의 세계에 가깝다고 이야기하고 싶지는 않다. 아이들이 특별히 영악해서 벌어진 일도 아니었다. 인간은 사회적으로 무리를 지어 살아갈 줄 아는 동물이며, 상호 협력하고 타인에게 공감할 수 있는 존재다. 그러나 인간관계에 서열이나 미묘한 권력, 에너지의 차이가 존재한다는 사실, 인간이 거기에 본능적으로 반응할 수밖에 없는 동물이란 사실도 부인할 수 없었다.

친밀한 사람과의 사이에도 권력이란 게 존재할까? 권력까지는 아니라 해도 사람 간의 관계에는 미묘한 에너지 교환이 분명 있다. 누가 더 상대방과 만나고 싶어 하는지, 누가 더 상대에게 의존하는지에, 누가 더 많은 자원을 가졌는지에 따라 관계의 지형도는 바뀌게 마련이다. 연인들이 '밀고 당기기'를 하듯, 친구나 직장동료, 가족 사이에도 사소한 줄다리기는 존재한다. 물론 이 관계의 형태가 고정불변인 것은 아니다. 서로의 상황이나 처지, 마음상태 등에 따라 끊임없이 변화할 수 있다.

몇 년 전, 한 친구와 사이가 미묘해진 일이 있었다. 나는 분명 친구와 서로 동등한 관계라 생각했다. 만나면 즐겁게 대화했고 불편한 마음 따위는 없었다. 그런데 어느 순간부터 내가 관계의 '을'이 된 느낌을 받았다. 만나자고 해도 친구는 반가움을 표시하기보다 슬며시 안 된다고 이야기했다. 심지어 2개월 후에 만나자고 이야기해도 "글쎄…"라며 말끝을 흐리기만 했다. 당시의 나는 깊은 상처를 받았다. 때마침 직장에서도, 연애에서도 외로운 시기를 건너고 있을 때였다.

상황이 이렇다 보니 얘가 전화번호부에 날 '계륵'으로 적지 않을까 하는 의심이 갑자기 솟구쳤다. 분한 마음에 씩씩거리며 절대 다시는 만나지 않겠다고 다짐했다. 내가 매력이 없고 객관적으로 별로인 상태라서 인간관계에서도 비슷한 상황이 반복되는 건가. 자격지심이 꼬리를 물고 이어졌다.

그러나 시간이 흐르면 관계의 지형도도 변화하게 마련이다. 몇 달이 지나면서 나 역시 친구가 부재한 일상에 익숙해졌다. 새로운 취미를 찾았고 덕분에 새로운 사람들과 만남도 가질 수 있었다. 내가 그 친구에게 마음을 놓고 다른 일에 몰두할 때쯤 아이러니하게도 이 관계의 양상은 변했다. 그 친구가 다시 나에게 연락한 것이었다. 내 안에는 욱하는 마음이 남아 있기에 연락을 조금씩 피했다.

결국 내가 관계의 승자가 되었다는 해피엔딩일까? 그렇지 않다. 현실은 통쾌한 복수극이 아니었다. 친구에 대한 감정은 산뜻하게 정리되지 않았고, 나는 그 속에서 한동안 질척댔다. 질척거리는 감정을 추스르고, 이제야 괜찮다 싶어 친구에게 다시 연락한 후에야 마음이 후련해졌다.

관계의 '을'에서 벗어나기

지속적으로 관계의 을이 되는 듯 느껴질 때가 있다. 이런 순간에는 내가 을로 느껴지는 이유를 곰곰이 살펴보는 게 좋다. 내 경우에는 삶의 외로움이나 결핍을 누군가와의 관계로 해결하려 할 때 문제가 생기고는 했다. 안타깝게도 타인은 내 뜻대로 움직여주는 존재가 아니었고, 내 근본적인 외로움은 스스로 풀어나가야 하는 경우가 많았다.

상대가 나와 만나줄지, 내 이야기에 어떻게 반응할

지 신경을 써도, 관계로 인한 행복은 쉽게 찾아오지 않는다. 특히 '이 사람이 나를 버리면 나는 어떻게 하지?', '이 사람에게 버림받는다면 나는 외톨이가 될 거야' 등 절박한 마음에 휩싸일 경우 더욱 힘든 상황이 찾아온다. 그래서 더욱 필사적으로 상대에게 매달리게 되고, 서운함도 더 크게 느낀다.

절박한 마음 때문에 상대가 어처구니없는 제안을 하거나 무례한 말을 해도 전부 들어주게 되는 경우가 있다. 적절한 거부권을 꺼내들면 관계의 시소는 다시 변할 수 있다. 상대의 마음이나 비난하는 말을 다 들어주며 수용할 경우 '나'는 사라지고 관계도 균형을 잃어버린다.

인간관계에서 한참 질척거린 후, 주변을 돌아보았다. 대체로 자신만의 세계 없이 다른 이들에게 휘둘리는 이들은 거부권 행사를 하지 못했다. 자신의 시간이 부족해도 상대가 말하는 대로 시간 약속을 잡고, 외로움을 해소할 기회가 생겼다는 사실을 무조건 반긴다. 내 외로움을 누군가와의 관계로 모두 해결하다 보니 상대에 대한 기대치가 커지고, 상대가 내 외로움을 충분히 해소해 주지 못하면 실망하고 괴로워한다. 실망과 괴로움을 반복하지 않기 위한 무언가가 필요했다.

한때 취미였던 스윙댄스에서 턴을 위한 요령을 배운 적이 있다. 멋진 턴을 하기 위해 춤을 추는 상대와 내 사이에는 항상 일정한 거리가 필요하다. 팔의 긴장이 필수인 셈이다. 춤을 추는 당사자 중 한 사람이 지나치게 가까이 가면 춤의 즐거움과 균형이 깨진다. 너무 멀어지면 텐션이 떨어져 제대로 돌 수 없다. 지나치게 멀지도 않고 가깝지도 않은 상태에서 서로 간의 긴장이 조성되고, 가장 안정감 있게 턴을 할 수 있다.

사람 관계도 비슷하지 않을까. 인간관계를 맺는 당사자 사이에 어느 정도 긴장감이 존재해야 동등한 관계가 형성된다. 상대를 회피하지 않고 가까우면서도, 지나치게 멀지 않은 관계를 유지하는 건 중요하다. 타인에게 과하게 기대거나 휘둘리지 않기 위해서는 긴장감을 유지할 만한 무언가가 필요하다. 내 시간을 내 뜻대로 분배해 사용할 수 있고, 누군가가 없이도 내가 몰입할 수 있는 존재가 있는 게 좋다. 내가 강점을 가진 분야가 존재하거나 시간 가는 것을 잊어버릴 정도로 몰입할 수 있는 취미나 특기가 있다면 적당한 균형을 유지하기 좋다. 상대에게 온전히 시간을 뺏기지 않는 여유가 생긴다.

각자의 세계가 허물어지지 않을 정도의 경계선, 서로가 존중하고 존중받는 사이일 때 행복이 오기 쉽다. 타인의 시간을 존중하고 내 시간을 존중받으려면 타인이 침범할 수 없는 나만의 영역과 세계를 만들려는 노력이 필요하다. 그 과정에서 갑도 을도 아닌 적당히 균형을 이루는 관계를 맺을 수 있다. 다른 사람과의 관계에 흔들리지 않는 나만의 세계를 쌓아보자. 자신만의 세계를 구축한 인간만큼 단단한 존재는 없다.

인스타그램 뒤의 여백

인스타그램이라는 네모나고 작은 SNS 세계에 들어섰던 순간 느꼈던 놀라움을 잊지 못한다. 이처럼 의욕적이고 행복한 사람이 많다는 사실에 경이감을 느꼈다. 당시 나는 주로 책이나 글쓰기에 관심 있는 이들과 교류하고 싶어 #북스타그램 또는 #글스타그램을 태그로 쓰는 이들을 주로 팔로우했다. 서평을 하루에 하나씩 올리는 이들은 꽤 많았다. 직장에 다니면서 저녁과 주말에 독서 모임이나 글쓰기 모임을 하는 이들, 바쁜 와중에 유튜브 채널을 운영하거나 온라인 강의를 진행하는 이들도 적지 않았다. 비단 인스타그램의 세계에만 해당되는 이야기는 아니었다. 유튜브에 심심치 않게 떠 있는 브이로그를 봐도 깜짝 놀랐다. 내 경우엔 딱딱해서 평생 사 먹지 않는 아보카도를 보기 좋게 썰어 예쁜 그릇에 담아 먹고, 매일같이 다정한 친구들을 만나 웃음 터트리는 영상만 봐도 이유 모를 거리감이 느껴졌다. 동시에 내 인생과 SNS 속 우아한 삶과의 격차를 상기했다. 매일 냉장고에서 김치가 담긴 반찬통을 꺼내 대강 아침을 때우는 나, 운동과는 담을 쌓은 채 시린 무릎을 매만지는 나, 나 자신과의 약속밖에 존재하지 않는 내 모양새에 한숨이 났다.

코로나19로 우울이 만연한 세상에 이토록 기쁜 소식이 넘쳐난다는 사실도 새롭게 알게 되었다. 분명 인간의 삶에는 희, 로, 애, 락 적어도 네 가지 이상의 감정이 있을 거라 여겼는데, 이 조그만 네모 칸 안의 세계는 희와 락의 향연이라 해도 무방했다. 화려한 호캉스, 맛집 탐방, 빛나는 성취감이 피드 안에 그득했다. 내 책은 잘 팔리지 않고 있는 것 같은데, 다른 작가의 책은 어찌나 잘 팔리고 있는지 배아픔을 넘어 슬픔이 몰려올 지경이었다.

입성 초기에는 "이 기쁨의 향연은 가식에 불과하다

고!" 소리 지르며 온몸으로 긍정의 분위기를 거부했다. 그러나 인간은 역시 놀라운 적응의 동물이다. 자기 자랑을 극도로 민망해하는 나 역시 기쁨의 공간에 조금씩 적응하고 있었다. 종일 무기력에 흐느적댄 사연이나, 애를 돌보다 삶의 구차함과 비루함을 느낀 이야기는 피드에 매우 부적합하다는 사실을 깨달았다. 아이가 식사하다 방바닥에 흘린 걸 주워 먹는 내 모습, 해외 생활의 구질구질한 장면은 일단 게시물의 후보에서 가장 먼저 배제했다. 그런 건 좋아요를 받기 매우 어려웠다.

날이 갈수록 보물찾기하듯 내 인생 속 성취나 행복한 소식을 어렵게 끄집어내 은근슬쩍 피드에 올리기 시작했다. 책을 집필하고 있는 사진을 은근히 올리면서 '아, 창작의 고통. 괴롭다' 식의 고민을 가장한 자랑 글을 올렸다. 이상한 건 마음 상태였다. 기쁜 소식을 세상에 퍼트려 댔는데도, 묘하게 행복의 수위는 올라가지 않았다.

SNS라는 지나친 함정

나만 느끼는 감정이 아닐 가능성이 크다. SNS 시간

이 늘어날수록 행복도가 떨어진다는 연구 결과가 엄연히 존재하니까. 미국 미시간대학교 연구 결과에 따르면 페이스북을 오래 사용한 사람일수록 삶에 대한 만족도가 떨어지는 것으로 나타났다. 미국 10대 청소년들을 대상으로 조사한 결과, 온라인에 많이 노출된 청소년이 더 불행하다는 느낌을 받았다고 한다. 이들의 행복감을 다시 올리는 방법은 간단했다. SNS를 강제로 중지하게 했더니 청소년들은 행복해졌다.

이유가 뭘까. SNS를 시작하게 되면 두 가지 상황에 놓인다. 첫 번째로 내 피드를 읽어줄 누군가를 의식하며 일상 중 썩 괜찮은 구석을 선별해 올려야 한다. 두 번째로 타인의 기쁜 소식, 특별한 일상을 끊임없이 관찰하는 입장에 놓인다. 두 상황 모두 우리의 행복을 늘려주기보다 줄이는 방향으로 움직이기 쉽다.

게다가 누군가를 의식하며 일상의 일을 올리면, 타인에게 인정받고 싶다는 욕구가 샘솟는다. 사람이 돈이나 권력을 위해 행동하고 움직이는 듯싶지만, 꼭 그런 건 아니다. 내가 주인공이고 싶은 마음, 누군가의 인정을 받고픈 마음에 고군분투하게 될 수도 있다. 독일의 철학자 악셀 호네트Axel Honneth는 우리가 타인의 인정을 받기 위해 살아가는 존재임을 이야기한 바 있는

데, 이를 '인정투쟁'이라는 말로 지칭했다. 곰곰이 따져 보면 SNS는 치열한 인정투쟁의 공간이라 할 수 있다.

SNS가 인정의 공간이 되는 이유는 간단하다. 나이를 먹어보니 현실에서 사랑과 칭찬을 듬뿍 받기는 어렵다. 직장이나 가정에서 열심히 살아가도 내가 인생의 주인공이기 어려운 경우가 대부분이다. 삶의 주인공으로 우뚝 서기 위해서는 날 봐줄 청중이 필요하다. SNS는 청중을 구할 수 있는 적절한 공간인 셈이다.

그러나 스스로 기특하지도, 대견하지도 않은 상황에서 타인의 인정을 받아도 밑 빠진 독에 물 붓기와 같다. 채워 넣기를 반복해도 나보다 잘 나가는 누군가는 눈에 띄게 마련이다. 성마른 목마름은 쉽게 가라앉지 않는다. SNS 속 일상이 편집된 내용임을 알고 있지만, 비교라는 함정은 늘 마음속을 맴돈다.

인스타그램 사진에 숨은 여백을 상상하기

인스타그램 놀이에 한창 빠져 있던 어느 날이었다. 소위 글 쓰는 사람 이미지 연출을 위해 노트북과 몇 권의 두꺼운 책의 사진을 찍는 중이었다. SNS에 그럴듯한 사진을 올리기 위한 몇 가지 요령을 얻었다. 노트북의 충전선이나 책상 위에 나뒹구는 과자 부스러기 같은 지저분한 풍경부터 정리해야 한다. 지저분한 풍경은 보여주기 위한 일상으로는 부적합하니까. 사진을 찍기 위해 한참 책상 위를 정리하다 슬며시 웃음이 났다. 나는 인생의 깔끔한 하이라이트를 위해 일상의 고단함을 치워내고 있었다. 문득 인스타그램 피드 속 수많은 사진들을 떠올려 보았다. 일상 중 멋지고 예쁜 풍경을 담기 위해 많은 이들이 인생의 자질구레하고 초라한 장면을 거두어내고 있을 것이라 상상하니 웃음이 나왔다.

이후 SNS 속 사진을 볼 때마다 누군가의 삶의 여백을 상상해 보기 시작했다. 매일 깨끗한 거실 사진을 올리기 위해 어수선한 집을 청소하는 누군가의 모습, 정답고 예쁜 육아 사진 뒤에서 울컥하는 순간을 견뎌낼 누군가의 모습을 떠올려 봤다. 타인의 인생이 나처럼 얼마간 고단할 것이라 상상하니 묘한 연대감이 솟았다. 내적 친밀감도 증가했다. 정작 당사자들은 전혀 느끼지 못하겠지만.

SNS에는 각자가 인생의 주인공인 순간을 담아낸다. 주인공이 되기 위해 각자가 견딜 엑스트라와 조연의 순간을 상상해 본다. 타인의 SNS를 무조건 가식이라 폄하하지 않으면서도, 그 사람의 삶을 단순하게 판단하지 않는 상상력을 발휘해 보니 SNS도 차가운 가식의 공간으로만 느껴지지 않았다.

무엇보다 SNS 때문에 인생이 피곤해진다면, 마음 놓고 쉬어도 된다는 사실을 깨달았다. 가상공간 속 정체성을 유지하기 위해 과도한 노력을 기울일 필요는 없다. 인정받는 일에 온 정신을 쏟다가는 인생을 허비하기 쉽다. 유한한 인생이다. 피로나 우울을 견디면서까지 지속해야 할 일은 세상에 그리 많지 않다.

인간관계의 미니멀리즘

20대 시절, 한 친구가 자신의 휴대폰 목록을 보며 비장하게 말했다. "나 여기에서 불필요한 친구 목록을 싹 정리할 거야." 나 역시 정리대상일까 궁금했지만, 한편으로는 친구가 부러웠다. 인간관계에 정리라는 대담한 표현을 쓸 수 있다니. 의도적으로 관계를 깔끔하게 정리할 수 있다는 발상은 나로서는 불가능한 것이었다. 이미 20년 전에 인간관계의 미니멀리스트였던 친구는 시대와 유행을 앞서갔던 셈이다.

바야흐로 미니멀리즘, 정리의 시대다. 인생에 필요

하고 긴요한 것을 남기고 불필요한 것들을 정리하자는 흐름이 대두했다. 불필요하고 복잡다단한 것에 둘러싸여 살 필요가 없다는 생각은 새로운 장을 열었다. 다양한 분야에서 미니멀 라이프를 추구하는 사람들이 늘어났다.

어릴 때부터 깔끔이나 정리라는 단어에 유독 취약한 나였지만, 미니멀리즘의 정신에는 매혹되었다. 특히 자질구레한 전화번호부와 몇십 개 넘는 카톡 대화창을 바라보며 인간관계 정리는 필수라는 생각이 들었다. 누군가가 지나가듯 던진 말에 상처받아 미니멀리즘을 선언한 순간도 있었다. "나 걔랑은 이제 연락 안 하고 싶어"를 중얼거렸지만, 얼마 후 그 친구에게 카톡이 오면 답을 하는 우유부단함을 보였다.

쿨하고 단호한 미니멀리스트의 선두주자가 되고 싶었으나 희망사항일 뿐이었다. 막상 정리를 시도하니 지금까지 맺은 인간관계를 손절과 유지라는 두 칸에 분류해서 넣기 힘들었다. 시도 때도 없이 내 기를 앗아가는 에너지 뱀파이어는 단호하게 손절 칸에 집어넣을 수 있었지만, 분류가 불가능한 관계가 훨씬 많았다. 한때 절친이었으나 시간이 갈수록 연락이 뜸해진 친구, 간간이 내 속을 뒤집는 헛소리를 날리지만 그를 상쇄

할 만한 따뜻한 말과 행동을 보여주는 지인까지, 실로 다양한 사람들이 머릿속을 맴돌았다.

도무지 답이 나오지 않아 인터넷 게시판에서 '정리해야 할 인간관계' 목록을 들여다보기도 했다. 목록은 간결하고 명확했다.

- 필요할 때만 나에게 연락하는 사람.
- 종교나 정치 신념을 나에게 강요하는 사람.
- 내 고민은 가볍게 여기거나 나와의 약속을 너무 쉽게 어기는 사람.
- 만나면 우울한 이야기만 하는 사람.
- 자기 자랑만 하는 사람.

활자로 표현된 인간관계 정리는 간단하고 명확했다. 그러나 현실에서는 쿨하지 못한 감정이 새어나왔다.

미니멀하게 살고 싶은 욕구를 채우는 게 왜 이토록 힘들까. 모든 관계에 쿨하고 초연한 사람이라는 길은 멀고도 멀어 보였다.

쿨한 인간상 이전에 전인격적인 인간관계에 대한 환상이 있었다. 발단은 〈프렌즈〉였다. 영어 공부를 위한 주요 학습자료가 된 이 드라마는 사실 아름다운 우정에 관한 이야기다. 함께 웃고, 함께 울고, 속마음을 전부 내보이며 가끔 아웅다웅하나 곧 화해하는 사이좋은 친구들. 경쾌한 오프닝 음악만큼 드라마 속 인간관계도 경쾌하고 산뜻했다. 드라마를 보며 나에게도 저런 관계가 생길 거라는 막연한 환상을 품곤 했다. 기쁠 때나 슬플 때나 함께 하는 평생 친구에 대한 바람이 있었다.

머리가 굵어지고 인간관계 경험이 늘어났다. 드라마 속 세계가 어느 정도 환상임을 깨달았다. 물론 어떤 시점까지 나는 인복이 넘치는, 꽤 운 좋은 사람이기도 했다. 학창시절에는 공감대가 맞아떨어지고 마음씨까지 따뜻한 친구를 여럿 만나는 행운을 누렸다. 그러나 대학 졸업 후 친구들 중 대다수가 각자의 가정을 꾸리게 되니 물리적 거리가 생겼다. 결혼하고, 아이를 낳고 나서는 육아 때문에 만남 자체를 성사시키기 어려웠다. 무소식이 희소식이라 생각하며 연락이 뜸해진 관계도 생겼다. 직장에 다니면서도 더없이 좋은 이들을 만났으나 마음을 전부 털어놓으며 내밀한 이야기를 나누는 건 아무래도 힘들었다.

〈프렌즈〉나 〈슬기로운 의사생활〉과 달리, 현실은 드라마가 아니었다. 한 마디로 정의하기 애매한 관계와 쿨 하지 않은 감정으로 들어차 있었다. 가까워졌다 멀어지는 관계, 질척대는 마음이 존재했다. 그러다 어느 순간 깨달았다. 대중매체에서 나오는 변치 않는 우정과 친구에 대한 정의는 아름답지만 지극히 이상적이고 전형적인 것이었음을. 그리고 그 환상 속 관계를 나는 당연히 이루어야 할 것으로 착각하고 있었다.

현실 속 인간관계는 TV 속 세상보다 변화무쌍하며 입체적이다. 우리의 우정은 변치 않고 영원하다는 것은 성립하기 어려운 명제였다. 친하던 이들 역시 강물이 흘러가듯 때에 따라 합류도 하고 다시 갈라지기도 하며 시간은 흘러갔다. 현실은 마무리 OST로 즐겁고 아름답게 끝나는 드라마가 아니었다.

완벽한 인간관계에 대한 고정관념처럼 '쿨하고 단호하며 상처받지 않고 자존감까지 높은 인간형' 역시 하나의 환상에 가까웠다. 인간관계를 명확하게 규정하고 판단하며 혼자 있는 시간도 잘 견뎌내고 한결같이 자존감을 유지하는 사람. SNS나 매체에는 가득했으나 현실에는 존재하지 않는 유니콘에 불과했다.

물론 관계에 지나치게 얽매여 자신의 자유를 찾기 어려운 사람에게 SNS가 제시하는 관계 지침서가 도움을 준다. 특히 에너지 뱀파이어나 가스라이팅 가해자에 끌려다니는 이들에게는. 그러나 쿨한 어른이 되지 못하는 내 머리를 쥐어박는 중이라면 생각을 바꿀 필요가 있다. 인간관계에 한해서는 누구나 조금씩 바보 같고 서투르다. 인간관계는 흘끔흘끔 뒷장을 살펴보면 답이 나오는 수학 문제집 같은 존재가 아니니까.

상처를 주고받을 만한 인간관계를 다 끊고 피한다고 해서 외로움과 고통이 0이 될 리도 만무하다. 우리는 로빈슨 크루소가 아니다. 타인과의 상호작용 없이 고고하게 내 삶을 행복으로 이끌어갈 사람도 많지 않다. 행복도가 높은 사람들은 대체로 인간관계를 잘 맺고 있는 사람이라는 심리학자들의 연구 결과가 그걸 증명한다. 뒤집어 말하자면 인간관계는 삶의 중요한 과제면서, 최대의 고민거리다. 다수의 사람에게 그렇다.

그러니 자존감 높고 인간관계에 쿨한 어른에 대한 환상이나 고정관념은 살짝 내려놓아도 된다. 혼자 살아가지 않는 한 누구나 상처받고 상처 입히는 관계를 지속한다. 오늘도 누군가는 유지하기 어려운 관계를 정리하고, 누군가에게 정리당하며 살아간다. 미니멀리즘은 바람직하지만, 인간관계에 완벽한 미니멀리즘은 없다. 쿨한 어른이 될 필요는 없다. 우리는 서로에게 조금씩 질척대고 부대끼며 살아가니까.

5장

내면의 서늘함을 달랠 때

그럴 수도 있지,
나도 사람인데

나를 끊임없이 구박했던 시절

임용 공부를 하던 시절이었다. 당시 임용 시험의 전공 영역은 답안을 주관식으로 간단하게 적는 방식으로 이루어졌다. 나는 학창시절부터 필기하며 공부해 본 적이 없었다. 주로 읽기가 내 공부 방식이었다. 일단 악필이었고, 손을 이용해 필기하는 행위 자체를 좋아하는 편이 아니었다. 그러나 주관식으로 출제되는 임용 시험을 준비할 때는 펜으로 노트에 내용을 요약 정리하면서 공부했다. 평소에 하지 않던 쓰기를 끊임없이 하자 부작용이 나타났다. 손목 통증이 시작됐다. 한의

원에서 물리치료를 받고 침을 맞으면서 공부를 계속했고, 그 달의 임용 모의고사 결과는 형편없는 수준으로 나왔다.

자동반사적으로 날 탓하는 내면의 대화를 시작했다. 왜 스스로를 더 엄격하게 몰아세우며 열심히 공부하지 않았을까, 자투리 시간까지 활용하면서 공부를 했어야 했는데 어째서 게으름을 피운 것일까. 더 열심히 살지 않았던 나에게 벌이 내려오는 것이라 생각했다. "이 바보야, 더 열심히 했어야지. 나에게 더 엄격했어야지." 채찍질을 거듭했다.

다른 사람과 대화하다 지적을 받거나 실수를 저지르게 될 때도 비슷한 대화를 반복했다. 자신에게 일관되게 불친절했다. 한 번도 나를 방어하거나 내 편을 들어준 적이 없었다. 변명하거나 안타깝게 여기는 것은 방만한 태도라 생각했다. 심지어 남이 지적하기 전에 선수 쳐서 나를 구박한 적도 많았다. "나는 늘 소심하단 말이야.", "나는 왜 이렇게 못났지?", "왜 이렇게 덜렁거리는 성격을 가졌지?", "내가 좀 멍청한 데가 있어." 스스로를 낮추어 말하는 데 앞장섰다.

엄격하고 가혹한 것, 나를 낮추고 의심하는 일이 나를 발전시키는 길이라 생각했다. 이렇게 해서 스스로가 더욱 겸손해질 것이라고 생각했다. 습관처럼 부르짖던 말은 점차 머릿속에서 진실로 굳어졌다. 어느새 스스로를 게으르고 바보 같은 성향의, 아는 것도 없는 사람으로 만들고 있었다.

나는 나를 얼마나 몰아세울 수 있는가

데이미언 셔젤 감독의 2014년작 〈위플래쉬〉는 음악학교에서 벌어지는 사건을 다룬 영화다. 음악대학 신입생 앤드류는 우연히 플레처 교수에게 발탁되어 그의 밴드에 들어간다. 플레처는 폭언과 학대를 거듭하며 앤드류를 연습시킨다. 드럼 연주가 미흡하다며 머리 위로 의자를 던지거나 욕설을 퍼붓는 행동은 기본이고 감정 학대도 서슴지 않는다.

플레처의 가혹한 지도에 앤드류 역시 피폐해져 간다. 그의 음악에 대한 집착은 갈수록 깊어진다. 교제하던 여자 친구와 이별을 감행하고, 손이 피투성이가 되도록 오로지 드럼 연습에 매진한다.

영화의 러닝타임 106분을 오롯이 감상하는 건 고통스러운 일이었다. 가혹한 교사 플레처와 스스로를 끊임없이 몰아세우는 앤드류의 모습을 보는 내내 긴장을 풀 수 없었기 때문이다. 영화관에 들어가며 예상했던 바와 달리, 작품은 잔잔한 감동을 선사하는 교육 영화가 아니었다. "세상에서 가장 쓸모없는 말이 '그만하면 잘했어'라는 말이야." 플레처의 이 대사는 얼마나 잔인한가.

그럼에도 그의 말과 행동이 낯설지 않았다. 상대에게 잔인한 말을 내뱉으며 한구석으로 몰아세우는 모습, 나는 스스로에게 플레처 교수처럼 굴고 있었다.

완벽주의를 내세우며 자기비하를 거듭했고, 나에게도 가혹했다. 특히 잘못이나 실수를 저질렀을 때 타인에게 못할 말을 서슴지 않고 자신에게 퍼붓는 일이 많았다.

스스로에게 엄격해야만 한계를 극복하고 발전할 수 있다는 사회적 고정관념이 있다. 최선을 다해 자신을 몰아붙여야 결과가 따라온다는 성공신화도 존재한다. 스스로를 갈고닦으며 남에게 뻔뻔하게 굴지 않을 수 있다는 믿음은 현대 사회의 미덕이다. 그러나 '최선을 다하자'는 모토는 때때로 나를 감옥 안에 옭아매는 명령이 되기 쉽다.

최선의 노력을 강요하는 사회 분위기 속에서 사람들은 스스로에 대해 높은 기대치를 갖는 경향이 있다. 완벽주의 성향을 지닐 확률도 높은 편이다. 이 때문에 자신의 부족한 부분을 숨기는 데 에너지를 많이 쓴다. 실수를 하면 세상이 무너질 거라 생각하는 경우도 많다. 나를 몰아세우다 제풀에 지쳐버리기도 한다. 이런 과정에서 쉽게 지치거나 우울해질 가능성이 높다.

자기 연민 잘하는 것도 능력이다

완벽주의가 우울을 가져오기 전에 어떤 미덕을 갖춰야 할까. 자기 연민이라는 단어를 생각해 보자. 얼핏 부정적인 말로 들린다. 피해의식 안에 갇혀 시간을 낭비하거나 자신에게 다가온 장벽을 극복하지 못하고 사람을 주저앉게 만들 수 있기 때문이다.

그러나 자기 연민은 정확히 말해 스스로를 동정하는 행위와는 다르다고 한다. 이 감정은 스스로에게 다가온 괴로움이 무엇인지 알아차리고 이를 줄이려 하는 욕구를 말한다. 심리학에 따르면 자기 연민은 몇 가지 관점으로 나누어 볼 수 있는데, 그중 하나가 스스로를 이해하려는 '자기 친절'이다. 스스로를 사랑받을 만한 가치가 충분한 사람으로 인식하고 대하는 걸 말한다. 《비폭력대화》의 저자 마셜 로젠버그Marshall B. Rosenberg

는 스스로와 대화할 때 나를 구박하거나 비판하는 언어 대신 공감하는 언어를 사용해야 한다고 언급했다. 나를 나쁘게 대하지 않고 친절하게 대할 필요가 있다는 이야기다.

나는 왜 자처하여 불친절한 플레처 교수가 되었을까? 어린 시절부터 물건을 잃어버리거나 비행기 표를 잘못 사는 등 실수를 저지르면 심각하게 우울해졌다. 이런 실수를 저지르는 바보 같은 인간은 이 세상에 나뿐이라 생각하며 스스로의 머리를 쥐어박았다. 자책감도 마음속을 맴돌았다.

허들이 너무 높아서 그랬다는 걸 깨달았다. 나의 경험이 불완전하고 실패할 수 있다는 사실을 머리로는 알고 있었지만, 마음으로는 인정하기 싫었다. 그러나 따지고 보면 인간에게 있어 실수는 필연적인 것이다. 이불킥을 할 만큼 창피한 기억은 누구나 있다. 덕분에 우리는 타인의 실수담이나 실패담에 귀를 기울이며 마음의 위안을 얻는다. 내 실패나 거두어지지 않는 부정적인 감정을 나에게만 일어난 독특한 사건으로 보지 않고 모든 사람에게 보편적으로 일어나는 경험임을 알아차리면 마음이 편안해진다. 다른 사람과 내가 연결되어 있다는 연대감이 자리 잡으며 외로움 역시 줄어든다.

“그럴 수도 있지”라는 말의 힘

이제는 “네가 잘못한 거야”, “왜 그런 실수를 저질렀니”라는 지적을 받을 때 치명적인 잘못이 아니라면 내가 나를 옹호하고 감싸준다.

“그럴 수도 있지 뭐. 나도 사람인데.”

이 말을 하면 마음이 편안하다. 대부분 별 일 아닌 경우가 많고, 남들도 다 하는 실수인 경우가 많다. 상대방이 나를 어처구니없는 표정으로 바라보더라도, 가끔은 뻔뻔해진다. 남들 앞에서 나를 낮추는 말을 구태여 하려 들지 않는다. 스스로를 몰아세우는 플레처 선생이 되지 말자. 세상 대부분이 저지르는 실수와 잘못, 당신도 저지를 수 있다. 그럴 수도 있다.

걱정과 불안의 늪을 빠져나오기 힘들 때

어느 날 양쪽 엄지발톱에 자리한 검은 점을 발견했다. 직경 3밀리미터 정도의 크기의 원형 모양이었다. 며칠 동안은 발톱이 멍든 거라고 생각하며 애써 넘겼지만, 며칠 동안 점의 면적이 넓어져갔다. 어떤 심리상태를 불러올지 알지만 당시 병원에 가기 어려운 해외에 있었기에, 인터넷 검색이라는 무기를 꺼내들었다. 떨리는 마음으로 '발톱에 검은 점'이라는 키워드를 쳐보았다. 단순한 멍이나 무좀 등의 가벼운 단어가 대부분 떠돌고 있었지만, 늘 그렇듯 내 눈길을 끈 건 '흑색종'이라는 제일 무거운 단어였다.

흑색종(멜라닌 세포로부터 생기는 악성 종양)은 누군가에게는 낯선 단어겠지만, 적어도 내게는 아니었다. 십여 년 전 안과에 라식 수술을 위한 검사를 받으러 갔는데 "흑색종이 의심된다"는 진단을 받은 적이 있었다. 대학병원에 가서 전문의의 검진을 받았고 아니라는 판정도 받았다. 지금은 이렇게 두 개의 문장으로 요약할 수 있는 에피소드지만, 당시에는 드라마 한 작품에 맞먹는 서사가 존재했다. 복잡다단한 감정의 변화가 있었다. 아니라는 판정을 받는 날까지 눈물을 한껏 쏟아낸 건 물론이고.

십년 전 기억 속 흑색종이라는 단어가 현재의 나를 불안의 늪으로 떠밀고 있었다. 발톱에 검은 점을 검색해 나온 수많은 정보 중 그 단어는 유독 선명하고 커다랗게 다가왔다. 불안의 블랙홀에 빠져 검색창을 몇 시간씩 떠돌았다. 구글과 네이버, 다음을 떠돌며 흑색종이라는 단어를 수도 없이 찾아보았다. 흑색종의 이미지 사진을 한 시간 이상 들여다보며 내 발톱 위 검은 점과 비교했다. 머릿속에는 최악의 상황을 전제로 한 수많은 질문이 떠돌았다. 대학병원 예약부터 해야 할지, 내가 아프면 우리 애는 누가 돌봐 줄지, 보험은 내 병을 어디까지 커버해 줄 수 있을지 크고 작은 걱정으로 머릿속이 소란스러워졌다.

걱정하지 말라는 말을 속삭이는 이성과 다르게 마음속에는 이미 불안이 몸집을 무한정 불린 뒤였다. 심장의 두근거림이 멈추지 않았다.

걱정부자는 어디에서 오는가

걱정부자. 나를 표현하는 적절한 단어다. 어떤 분야에서도 부자라고 부르기 어려운 나지만, 걱정 부자라는 말은 당당히 붙일 수 있다. 장롱 면허 소지자가 된 까닭도 구구절절 그럴듯한 이유를 갖다 붙이며 변명하고 싶지만, 단 한 마디로 축약할 수 있다. 걱정부자이기 때문이다. 단군 이래 운전면허 따기 가장 쉽다는 시대에 면허를 획득하기는 했지만 반경 1킬로미터 바깥은 운전하지 못했다. 주행을 할 때마다 옆 차가 끼어들거나 커다란 트럭이 내 차를 덮치는 장면이 자동반사적으로 떠올랐다. 다음 날 아침 운전을 해야 한다는 생각만 떠올려도 가슴이 두근거리며 잠을 자지 못한 적도 많다. 길거리에서 운전하는 시뮬레이션을 머릿속으로 몇 번씩 해보았다. 그 시도만으로도 가슴이 두근거려 잠을 못 잘 지경이었다. 의식적으로 다른 생각을 하며 마음을 가라앉히려 했지만 실패했다. 대범하지 못하고 벌벌 떠는 나를 탓해도 불안이라는 놈은 사라지지 않았다.

걱정과 불안을 떨칠 수 없는 이유는 무엇 때문일까. 되돌아보면 나는 미래에 일어날 특정 사건의 영향력을 과대포장하는 버릇을 가지고 있었다. 가령 흑색종에 걸리면, 운전을 해서 사고가 나면 그 사건 때문에 내 인생이 크게 망가질 거라 생각했다. 과장의 사고법은 불안이라는 감정을 부채질했다. 임용 시험을 앞두고서도 비슷했다. 시험에 붙지 못하면 끝장이라는 생각에 며칠간 잠을 못 잤다. 시험 불합격은 곧 '인생 실패'라는 네 글자로 귀결될 거라는 결론에 이르렀다. 최악의 결론에 이르지 않기 위해 안달스럽게 굴었고, 그 과정에서 더 깊은 불안의 구렁텅이에 빠졌다.

그러나 되새겨 보니 그중 어떤 사건도 내 인생을 끝장내거나 실패로 이끌지 않았다. 인간이 품고 있는 대표적 착각 중 하나가 '영향력 편향'이라고 한다. 사람들은 인생에 일어나는 직업에서의 성공, 시험 합격, 원하는 물건 구매 등을 통해 엄청난 행복을 느끼게 될 거라 기대한다. 그 영향력이 오래 갈 것이라 착각하기도 쉽다. 반대로 부정적인 사건, 그러니까 시험에 떨어지거나 승진에 실패하는 사건으로 인해 부정적인 감정의 여파가 어마어마할 거라는 착각도 한다.

그러나 모든 게 편향된 사고와 착각에 불과하다. 좋은 일이든 나쁜 일이든 그 사건의 여파는 예측하는 것보다 오래 가지 않는다. 흔히 어떤 사건이 벌어지면 그 이후로 인생이 다이나믹하게 좋아지거나 나빠질 거라 상상하지만 며칠 정도 지나면 무덤덤한 일상이 되돌아오게 마련이다. 거대하게 느껴지는 인생 사건을 만나도 시간이 지나면 다시 평상시의 마음으로 돌아가게 만드는 회복 탄력성이 우리 안에 존재한다는 의미다. 로또 당첨자들도 3개월만 지나면 당첨의 기쁨이 사그라지고 원래대로의 기분 상태로 돌아온다는 연구 결과도 있다.

결국 어떤 사건 때문에 내 인생이 망가지거나 크게 좋아질 거라는 상상은 대다수 착각의 산물에 불과했다. 착각 때문에 걱정과 불안을 거듭하다, 그 상태가 고착화된 적도 있었다. 과도한 착각의 포장에 나조차 속아 넘어가고 있었던 셈이다.

걱정과 불안의 과대포장 벗기기

발톱의 검은 점이 야기한 머릿속 걱정과 불안의 증폭 과정을 하나하나 짚어나갔다. 흑색종이라고 해서 삶이 끝나는 건가? NO. 흑색종에 걸렸지만 삶을 이어가고 있는 사람들이 많다는 건 확인했다. 그렇다면 내가 흑색종인 게 확실한가? 이것도 NO. 확정된 사실은 없었다.

내 인생을 되돌아보면 앞서가는 상상력과 비관적인 생각이 결합해 걱정과 불안이 만들어지는 경우가 많았다. 친구가 약속에 늦으면 큰 사고가 나지 않았을까 불안했고, 시험 전에는 답안을 밀려 쓰지 않을까 불안했다. 낯선 사람과 한 공간에 있으면 갑자기 그 사람이 나를 해코지하지 않을까 상상한 적도 많았다. 그 모든 것이 무한한 상상력의 산물이었고, 실제로는 아무 일도 일어나지 않은 경우가 많았다(아이러니하게도 삶의 역습은 전혀 상상하지 못했던 다른 곳에서 나타나기 일쑤였다).

불안이라는 놈이 꼭 내 삶의 빌런인 것만은 아니었다. 때때로 인생에 적절한 선물도 가져다 주었다. 오랜 인류의 진화 과정만 돌아봐도 그렇다. 생존에 대한 불안감 덕분에 인류는 맹수의 공격이나 화재, 위험한 사고에 대비하며 살 수 있었다. 나도 세상의 수많은 위험한 사건으로부터 날 보호하기 위해 불안감이라는 자연스러운 감정을 가지고 태어났을 뿐이다. 불안을 동력 삼아 주어진 업무나 과제를 향해 달려갈 때도 많았고, 일정한 효과를 볼 때도 많았다. 다만 그 속에 비합리적인 생각이 뒤섞여 머릿속을 지배하거나 일상이 위태로워지는 게 문제였을 뿐.

걱정이 머릿속에 쳐들어올 때는 비합리적인 생각의 거름망을 써보기로 했다. 흑색종에 관련해 머릿속을 떠돌던 걱정 중 내가 통제할 수 있는 영역과 통제 불가능한 영역을 나누었다. '내 발톱에 커다란 검은 점이 있다', '이것이 무엇인지 정체는 알 수 없다', '며칠 더 있어야 알 수 있다' 이렇게 쓰고 보니 내가 걱정해야 할 것이 무엇인지 명확하게 보였다. 걱정의 연결 고리를 억지로 막을 수는 없었다. 다만 '내가 걱정해도 달라지지 않을 것'을 몇 차례 걸러보니 걱정과 고민 주머니가 조금 줄어들었다. 실제로 며칠 후 그 검은 점은 발톱이 자라나면서 위로 슬금슬금 올라오더니, 어느 순간 사라졌다.

걱정과 불안의 과대 포장을 줄일 만한 구체적 대안을 생각하거나 글로 적어보는 것도 한 방법이다. 봉준호 감독의 인터뷰를 인상 깊게 읽은 적이 있다. 어릴 때

색약 판정을 받은 적이 있었다는 이야기였다. 색약이라는 이유로 어릴 적부터의 꿈이었던 영화감독을 하지 못할까 봐 걱정이 뒤따랐다. 그러나 두려움이 엄습할 때마다 '평생 흑백 영화만 찍으면 되지' 생각하며 스스로를 위로하는 게 그의 방식이었다. 성인이 되고 나서도 불안의 순간은 존재했다. 정상 판정을 받긴 했으나 색약 때문에 영화 아카데미에 입학하지 못할 수 있다는 불안감이 때때로 찾아왔다. 그때마다 색맹 검사책을 사서 공부하며 검사에 대비했다는 이야기가 인상 깊었다. 걱정에 빠져들 때, 그런 나를 비난하기보다 비합리적인 생각을 걸러내고, 최악의 상황에 대비해 적당한 대안을 찾아 대비하는 것. 쉽지 않지만 가장 바람직한 자세라는 생각이 들었다.

열심히 공부했는데도 시험에 붙지 못할까 봐 걱정이라면 시험에 떨어졌을 때 인생이 끝난다는 식의 내면의 대화는 멈추는 게 좋다. 차라리 사건이 발생했을 때의 구체적인 대응방안을 적는다. 운전이나 여행 중에 사고가 날까 두려움이 엄습할 때는 사고가 났을 때 대처 요령을 검색한다. 흑색종의 경우도 마찬가지였다. 인터넷 카페를 보니 흑색종 판정을 받아도 치료를 잘 받고 일상을 무사히 이어가고 있는 이들의 이야기가 많았다. 그런 이야기들을 읽고 나니 도리어 마음속 요동이 줄어들었다.

걱정과 불안은 자연스러운 감정이다. 걱정만 많고 대범하지 못한 나를 무한정으로 탓하면 오히려 걱정과 자책 주머니에 깔려 숨 쉬지 못할 가능성이 크다. 누구나 하는 걱정을 당신도 하는 게 당연한 일이니까. 그렇지만 한 번 정도 불안감의 과대 포장을 벗겨보자. '만약 ~라는 사건이 일어나(라는 성취를 이루지 못해) 내 인생이 끝날 것이다'라는 가정법 문장이 내 머릿속에 있다면 그 명제는 잘못된 것이다. 웬만한 일로 인생은 쉽게 끝나지 않는다. 이것만 기억해도 걱정과 불안의 과도한 포장을 한 겹 벗길 수 있다.

삶의 변수와 인생

초등학교 시절 방학식날마다 일일 생활계획표를 짜는 게 일종의 취미였다. 커다란 도화지에 정성스럽게 동그라미를 그린 다음, 계획을 시간 단위로, 때로는 분 단위로 세웠다. 비록 다음날부터 늦잠을 자 계획은 어그러지기 일쑤였지만 계획을 세우며 꿈에 부푸는 일에 있어서는 최선을 다했다.

사춘기와 성인기에 이르러서도 계획형 인간의 표본으로 살았다. 신혼 초에는 2년 뒤 이사 갈 집을 미리 정해두고 부동산 앱에서 그 집의 거실 치수를 조사한 다음, 인터넷에서 거실장을 두세 시간 골라본 적도 있었다. 2년 후를 위해 성실하고 치밀하게 인터넷 쇼핑을 한 셈이다.

계획형 인간이 가장 싫어하는 단어는 '변수'다. 오늘까지 꼭 해놓기로 계획한 일과가 있는데, 갑작스러운 만남이 생겨 계획이 어그러지면 마음이 찝찝했다. 오늘 반드시 마치고 퇴근해야겠다 결심한 일이 있는데, 동료가 함께 얼른 퇴근하자 재촉만 해도 내심 열불이 났다. 딱히 부지런한 인간이라서가 아니었다. 오히려 몸이 게으른 유형에 가까웠다. 몸의 속도보다 머리 회전 속도가 빨라 계획을 많이 세웠고, 그 계획이 어그러질까 봐 전전긍긍했다.

계획형 인간의 길이 무너진 건 출산 이후부터였다. 삶은 계획표대로 흘러가 주지 않았다. 어느 순간부터 변수가 물밀 듯이 밀려왔다. 아이를 낳은 후 계획하지 않았던 해외 생활을 시작하게 되었다. 미리 거실 치수까지 검색해 본 집에는 들어가 보지도 못했다. 한국에서 중동으로 보낸 국제 이삿짐은 갖가지 사정으로 제때 도착하지 않았다. 해외살이의 시작 첫날부터 아이는 40도 이상의 고열을 앓았고 중동에서 강렬한 첫인상을 남긴 장소는 낯선 병원의 응급실이 되었다. 이제

좀 평안히 지낼 수 있으려나 안심을 놓을 때면, 어김없이 삶에 새로운 미션이 떨어졌다. 천장에 물이 새서 이사를 가야 하거나, 행정서류 처리가 늦춰지는 일이 끊임없이 이어졌다. 인생계획표는 머릿속에서 펄럭이기만 할 뿐 쓸모를 잃었다.

전 세계 인류와 다름없이, 내게 도착한 최대의 인생 변수는 코로나19였다. 닥치기 직전, 나와 남편은 해외여행 계획을 세워놨다. 며칠을 지새우며 숙소와 비행기 표를 마련한 뒤였다. 긴 시간 정성들여 한국 휴가계획도 생각해 두었지만, 계획을 세워둔 지 한 달 후부터 코로나19 사태가 이어졌다. 변수를 끔찍이도 싫어했던 나는 우울한 지경에 이르렀다. 인생이 나를 엿 먹이려고 그러는 건지, 이제 인생에 계획표는 불필요하다는 걸 친절히 알려주려는 신의 뜻인지 어느 쪽이든 머릿속이 혼란스러웠다.

인생의 파도타기

〈작은 아씨들〉의 감독 그레타 거윅과 〈비포 선라이즈〉의 에단 호크가 출연한 영화 〈매기스 플랜〉은 제목

그대로 매기라는 여성의 인생 계획이 어떻게 흘러가는지 보여주는 작품이다. 대학 교직원인 매기는 아이를 낳고 싶었지만 결혼이 힘들다고 판단한다. 인공수정을 통해 싱글맘이 되려 하고 적극적인 시도도 감행한다. 뜻하지 않게 인류학자 존을 만나 임신을 하고 결혼에 골인하지만, 어린아이 같은 존은 갑작스럽게 하던 일을 관둔 채 소설 쓰는 일에 매달린다. 매기는 졸지에 가장의 역할과 육아라는 임무를 동시에 떠맡게 된다. 매기의 계획은 야심 차고 단단했으나 인생은 뜻대로 흘러가지 않았다.

〈매기스 플랜〉은 중요한 인생 교훈을 알려준다. 인생에서 예측할 수 있는 건 단 한 가지, 예측 불가능한 일이 시도 때도 없이 벌어진다는 것. 우리는 미래를 바라보며 장기적인 계획을 세우는 데 힘을 쏟는다. 그러나 이런 계획은 예상치 못한 돌발 변수에 의해 무참히 깨지기 쉽다.

코로나19로 모든 계획표가 어그러진 후, 나 역시 한동안 무력감에 빠졌다. 어느 것도 예측하고 통제할 수 없으니 모든 일에서 손을 놓고 싶었다. 대다수 노숙자가 길거리에 나오게 되는 이유 역시 경제적 빈곤보다 무력감과 통제감 상실에서 비롯된다는 연구 결과가 있다. 아무리 노력해도 내 인생이 나아지지 않을 것이라는 괴로움에 빠지고, 이것이 절망의 늪에 사람들을 밀어 넣는다는 이야기다. 내가 겪었던 심리상태도 크게 다르지 않았다.

무력감에 허우적대다 어떤 방식으로든 이 늪을 빠져나와야겠다는 생각이 들었다. 내 삶에서 예측 가능하고 통제 가능한 무언가가 있을까. 바꿀 수 있는 건 단 하나였다. 오늘의 내 행동. 유일무이한 건 오로지 그것이었다.

최근 MZ세대 사이에 루틴 만들기, 이른바 '갓생'이 하나의 트렌드라는 기사를 보았다. 나 자신을 위해 소소한 목표를 세우고 계획적으로 살아가는 루틴을 만드는 것이 유행이라는 이야기였다. 이때의 루틴은 거창하고 특별한 것이 아니다. 아침에 일어나자마자 따뜻한 물을 마시거나 침구정리하기, 청소하기 등 작은 것들을 실천한다는 점이 인상적이었다. 장기 계획을 명확히 세우는 일보다 오늘 하루 할 일, 즉 단기적으로 미세한 할 일을 정해놓고 지켜내는 일인 셈이다. 코로나19로 인해 집에 머무는 시간이 길어지고 취업난이 계속되면서 청년들이 찾아낸 새로운 삶의 방식이었다.

가령 올해까지 승진 시험에 붙어서 OO라는 직함을 달겠다는 인생의 목표를 세우고, 이룰 수 있을지 말지 고민하는 건 정신건강에 좋지 않은 영향을 미칠 수 있다. 지나치게 많은 생각은 부담감을 불러온다. 장기 목표를 이룰 수 있을까 말까 고민하는 데 시간을 보내기보다, 오늘 해야 할 작고 미세한 목표에 집중하는 게 루틴 세우기의 핵심이라 할 수 있다.

결과나 장기 목표가 있는 건 좋지만 지나치게 집착하면 기분이 휘둘리는 변수가 곳곳에서 튀어나오게 마련이다. 큰 시험에 반드시 합격해야겠다는 생각에 매달려 부담을 가중시키다가 형편없는 모의고사 성적표가 나오면 멘탈이 흔들리는 경우가 그 예다. 불길한 모의고사 성적표를 보며 최종 목표점인 시험에 붙지 못할 거라는 불안감에 하루 공부를 망치기 쉽다.

이럴 때는 먼 미래에 대한 생각을 잠시 놓아두고, 오늘 할 분량의 일에 집중해 보는 건 어떨까. 마음의 동요가 좀처럼 사라지지 않는다면, 미래에 대해 걱정할 시간을 따로 정해보는 것도 한 방법이다. "오늘 계획을 마치고, 밤 11시에 시험 결과에 대해 걱정해 보자"고 스스로에게 말하고 오늘 일에 먼저 집중하는 것도 괜찮다.

'언제든 인생의 변수가 내 뒤통수를 칠 수 있다'처럼 간단명료한 사실을 받아들여야 할 때가 있다. 내 뜻대로 되지 않는 인생은 지극히 정상임을 되새겨 보자. 내 경우를 예로 들자면, 해외살이 중 내 모습은 10년 전의 내가 한 번도 상상해 본 적 없는 모양새를 하고 있었다. 사막이 펼쳐진 나라에서 아이를 기르며 한 번도 생각해보지 않았던 에세이라는 장르의 글을 썼고, 생각보다 오랫동안 일을 쉬고 있다. 예전에는 꿈꿔본 적 없는 삶이고, 계획했던 삶의 경로에서 벗어날 때마다 괴로워한 적도 많다. 그럼에도 생각지 못한 사람들을 만났고, 뜻하지 않은 길을 만났다.

'반드시 내가 뜻한 바대로, 계획대로 되어야 정상이다'라는 마음속 규칙을 폐기하자. 인생의 커다란 파도를 내 손으로 막을 도리는 없다. 파도의 흐름에 몸을 맡기는 게 우리가 할 수 있는 최대한의 노력이다. 의외의 희망도 있다. 인생의 변수는 우리를 생각보다 좋지 않은 곳으로 이끌기도 하지만, 때때로 흥미로운 곳으로 인도하기도 한다. 삶의 재미를 느끼려면 적당히 파도를 즐길 줄 알아야 한다. 융통성이 필요한 때다.

다이아몬드 멘탈은 없다

게으른 학생 역할을 몇 달간 수행했던 기억이 있다. 오래전 파견 연수를 들을 때의 일이다. 같은 직업의 마흔 명가량이 모여 수업을 듣는 자리였다. 오랜만에 학생의 입장으로 돌아가 시간을 보낼 수 있는 절호의 기회였다. 새로운 사람들을 만날 수 있는 자리이기도 했다.

몇 개월은 짧다면 짧고 길다면 긴 기간이다. 새로운 그룹 안에서 내가 제대로 적응할 수 있을까. 배움의 기회를 알차게 가질 수 있을까. 긴장과 설렘이 교차했다.

수업 첫날이 밝았다. 안타깝게도 지하철 1호선과 4

호선을 번갈아 타며 언덕에 있는 대학교정을 걸어 강의실까지 들어가는 건 생각보다 많은 시간이 들었다. 강의실에 당도하니 수업 5분 전이었다. 이미 강의실 대부분의 좌석이 차 있었다. 매의 눈으로 어떤 좌석에 앉을 수 있을까 살폈다. 인생의 경험치로 가늠해 보건대, 새로운 수업이나 모임에서 첫날의 자리 선정은 매우 중요한 선택요소다. 어떤 좌석에 앉느냐에 따라, 주변에 앉는 이들이 달라진다. 즉 앞뒤로 대화하며 자연스레 친해질 사람이 달라지고, 그룹 안에서 내가 맡을 역할과 포지션도 어느 정도 결정된다.

원래는 강의실 중간 정도의 자리에 앉고 싶었다. 무난한 인간형을 목표로 삼는 나는 늘 그렇듯 어중간한 포지션을 희망하고 있었다. 그러나 안타깝게도 남은 좌석은 가장 앞줄과 가장 뒷줄뿐이었다. 앞줄에 앉는 건 꺼려졌다. 강의하는 교수님의 주목이나 질문 세례를 받을 가능성이 있었다. 열의에 가득 찬 공부벌레로 오해받을 가능성도 배제할 수 없었다. 짧은 시간 고민을 거듭하다 교실의 가장 뒷줄의 구석자리에 엉거주춤 앉았다.

어색한 분위기와 긴장감 속에서 수업이 시작되었다. 뒷좌석에 앉아 수업을 듣기 위해 눈빛을 빛내던 시간은 불과 20분에 지나지 않았고, 졸음이 밀려오기 시작했다. 학창시절에 뒷자리에 앉은 친구들이 왜 그리 잠을 많이 자는지 한 순간에 이해했다. 겨우 졸음을 참다 강의가 끝나고 쉬는 시간이 되자마자 책상에 엎드렸다. 쉬는 시간마다 부지런히 엎드려 잤고, 이후 일종의 행동 패턴으로 굳어졌다. 단 하루 만에 뒷자리가 주는 안온함에 젖어들었다.

둘째 날 역시 무언의 규칙에 따라 대부분의 연수생이 어제와 같은 자리에 앉아 있었다. 어느 정도 각 교육생의 적절한 역할도 정해져 가는 중이었다. 앞자리에는 젊고 의욕적인 이들이 자리해 교수님의 질문에 답을 하고 있었고, 뒷줄에는 주로 강의보다는 친목에 관심이 높은 사람들이 포진해 있었다. 무언의 룰을 어길 수 없었던 나 역시 어제와 똑같은 자리에 앉아 또다시 쉬는 시간마다 열심히 엎드려 잠을 자기 시작했다. 쉬는 시간에도 딱히 이야기할 상대가 없고, 어차피 뒷자리니까 엎드려 잠을 청하는 편이 낫다고 생각했다.

그 순간 주변 어디에선가 키득거리는 목소리가 들려 왔다. "어머 저 젊은이가 뒷자리에서 또 잠들었네." 그 말이 가리키는 대상, 젊은이는 바로 나였다. 잠시 머쓱한 기분이 들었으나, 번쩍 고개를 들고 일어나기 어색했다. 이미 뒷자리에서 잠을 자는 편안한 학생 역할을 부여받았는데, 그 기대에 반해 이 시점에 고개를 번쩍 들면 말을 한 당사자가 무안하지 않을까. 쓸데없는 배려의 결과로 잠든 시늉을 계속했다. 며칠이 지날수록 게으르고 잠 잘 자는 수강생 역할을 충실히 수행하는 내 모습을 발견했다. 수업 중간에 졸고, 쉬는 시간마다 엎드려 자는 건 일상이 되었다. 수업 태도도 점차 게으르고 불량해졌다.

고리타분한 이야기일 수 있지만, 인간에게는 '역할'과 '역할 행동'이라는 게 있다. 역할은 사회가 개인에게 기대하는 행동 양식을 뜻하며, 역할 행동은 그 역할에 맞추어 개인이 수행하는 구체적인 행동 양식을 일컫는다. 당시의 나는 강의실 안에서 내가 맡은 역할에 충실한 행동을 수행했던 셈이다. 함께 강의를 듣는 이들에게 의욕적이고 열심히 하는 학생의 모습을 보여주기보다는 설렁설렁 공부하는 수강생 역할을 하는 데 주력했다. 물론 그렇게 설렁설렁하게 지내다 뛰어난 성적을 기록하는 반전을 연출하고 싶었지만, 안타깝게도 역전의 상황은 오지 않았다. 나는 결과에까지 충실한 배우로 남았다.

이 게으른 연수생의 이야기는 어떤 메시지를 담고 있을까. 삶의 몇몇 장면에서 나는 성실하다는 평가를 듣는 사람이었다. 임용 시험을 준비하던 시기에는 손목이 고장 날 정도로 공부하는 임용 준비생이었다. 글쓰기를 본격적으로 시작한 후부터는 하루에 세 시간 이상 책상머리에 앉아 타자를 두드리는 사람이다. 그러나 연수를 듣던 시절을 되돌아보면 당시의 나는 명백히 다른 행동 양식을 보였다. 게을렀고, 자주 졸았고, 수업 태도마저 불량했다. 내가 원래 그랬던 게 아니라 상황이 나를 그런 방향으로 이끌었던 셈이다. 이쯤 되면 나의 고유한 모습이 무언지 의심스러울 정도다.

진정한 내가 어떤 모습인지 궁금한 마음에 자아 성찰의 욕구로 했던 수많은 검사 결과를 떠올려 볼까. MBTI부터 인터넷 심리테스트까지 수많은 검사가 세상에 존재했고, 그 결과도 충분히 알고 있었다. 유사과학이라 불리는 혈액형 테스트조차 자아 탐색을 위한 수단이 되고는 했다.

수많은 성격 테스트 중에서도 대학 때 상담심리 과목을 수강하며 했던 MBTI 검사는 가장 인상깊게 남았다(최근 몇 년간 유행하고 있는 그 MBTI 검사가 맞다). 검사 결과에 따라 나는 INFP라는 성격을 부여받았다. 그에 따르면 나는 목가적이고 낭만적이며 내적 신념이 강한 잔다르크형 인간이었다. 나름 도시 생활을 즐기는 인간형이라 목가적이라는 말에 납득이 가지는 않았지만 애써 무시하고 고개를 주억거렸다. 이후 나는 어떤 행동이나 선택을 할 때마다 스스로를 내적 신념이 강하고 낭만적인 인간이라 규정했다.

INFP의 믿음이 깨진 건 직장생활을 할 때였다. 교사 대상 연수에서 MBTI 검사를 다시 할 기회가 있었는데, 이번에는 INTP라는 검사 결과가 나왔다. 그에 따르면 나는 논리적이지만 개인주의가 강하며 직관적인 사람이었다.

혼란이 왔다. 성격이 미세하게 바뀔 수도 있지만, 과연 어떤 쪽을 나로 규정할 수 있는지 진지하게 궁금해졌다. INFP, INTP 특징 중 몇몇 항목은 모두 내 특성에 들어맞았다. 그러나 분명 맞지 않는 부분도 존재했다. 검사 결과는 참고할 만한 것이었으나 날 설명할 전부는 아니었던 셈이다. 자아발견도 자아성찰도 바람직하다고 생각했지만, 스스로를 한 마디로 규정할 수 있는 완벽한 성격 검사와 검사 결과는 존재하지 않았다. 임용 시험을 준비할 때의 나와 게으른 수강생이던 내가 마치 다른 차원의 사람처럼 느껴졌듯, MBTI 검사 결과도 비슷했다.

달라진 검사 결과를 받아보며 나를 둘러싼 사회적 상황과 맥락의 힘이 꽤 세다는 사실을 깨달았다.

상황의 힘을 보여주는 유명한 실험도 존재한다. 연구자들은 프린스턴대학교의 신학생에게 짧은 즉석연설을 녹음할 테니 근처 건물로 가라고 지시한다. 이 때 대상을 두 그룹으로 나누어 한 그룹에게는 "늦었으니 서두르라"고 말하고, 다른 집단에게는 "시간이 아직 남아 있는 편이지만 곧바로 가라"고 지시했다. 그리고 모두에게 근처 건물로 가는 길에 쓰러져 기침하는 사람을 마주치게 만든다. 실험 결과 늦었다는 이야기를 들어 서둘러야 했던 신학생 중 곤경에 빠진 사람을 도운 건 10퍼센트에 불과했다. 반면 시간이 넉넉했던 신학생들은 절반 이상이 몸이 좋지 않은 사람을 도와주려 했다. 상황이 개인의 행동과 선택을 좌우한 셈이다.

누군가의 선택이나 행동을 판단할 때, 우리는 주로 그 사람의 성격이나 특징을 주요한 원인으로 꼽아 분석한다. 가령 누군가가 다혈질인 건 B형이기 때문이라 생각하고, 누군가가 낭만적이고 이상적이라면 INFP라는 성격을 가졌기 때문이라고 여긴다. 어느 정도 맞는 이야기일 수 있으나, 개인의 성격이나 기질이 불변하는 다이아몬드 같은 건 아니다. 상황에 따라 유연하게 바뀔 수 있는 성질이다.

멘탈을 강하게 만드는 의외의 방법

감정이 요동치고 무기력에 빠져들 때, 나는 종종 스스로에게 말했다. "너는 멘탈이 약해. 근본적으로 글러먹었어." 그러나 약한 멘탈 안에 스스로를 가둠으로써 얻은 게 뭘까. 뫼비우스의 띠처럼 이어지는 우울과 자학뿐이었다. 차라리 나를 섣불리 규정하거나 판단하지 않고 어느 정도 놓아두는 편이 나았을 지도 모른다.

상황의 힘이 강하다는 논리를 꺼내들면 한순간 무기력감에 휩싸이기도 한다. 인간이 사회적 상황에 휘둘리는 한 없이 약한 존재라는 말로 들리기도 하니까. 그러나 뒤집어 생각하면 희망적인 논리도 성립 가능하다. 내 특성과 자질이 오래된 화석처럼 불변하는 게 아니라는 이야기니까. 변화의 가능성이 충분하다는 건 고무적인 일이다.

컬럼비아대학교 심리학 교수 캐럴 드웩Carol Dweck에 따르면 사람의 마음 세팅은 고착형 마인드 세트Fixed mind set와 성장형 마인드 세트Growth mind set로 나눌 수 있다고 한다. 고착형 마인드 세트는 자신의 자질이 이미 정해져 있어서 바꿀 수 없다는 사고방식을 일컫는다. 그에 따르면 내 자질이 고정되어 있으며 바꿀 수 없는 것이라 생각하는 가운데, 인간은 스트레스, 불안과 같은 고통에 시달리기 쉽다. 지금 당장 완벽하지 않으면 인생의 긴 여정, 먼 미래까지 실패로 귀결되기 때문이다.

성장형 마인드 세트는 노력에 따라 자질을 향상할 수 있다고 믿는 마음이다. 내가 가진 자질도 조금씩 바꿀 수 있다고 생각하면 지금보다 나은 삶의 방식을 예측할 수 있다. 또 내 자질이 고정불변이 아니라 바뀔 수 있다고 생각하면 마음이 훨씬 가벼워진다.

내 인생사를 되돌아보면 어린 시절부터 처한 상황에 따라 행동 양식이나 말투도 조금씩 변해 왔고, 앞으로도 변화할 가능성이 높다. 게다가 상황을 살짝 바꾸는 건 우리 성격과 자질을 근본적으로 바꾸는 것보다 용이한 일이다. 의지력이 약한 내 성격만 탓할 경우, 변화의 가능성이 보이지 않는다. 그렇지만 내가 의지를 제대로 발휘할 수 있는 상황을 자주 제공하면서 조금씩 변화하는 건 상대적으로 쉬운 일이다. 가령 내가 누군가와 협업할 때보다 혼자 일할 때 자신감이 높고 여유 있게 일을 해결할 수 있다면, 혼자 일을 할 수 있는 상황으로 나를 자주 밀어 넣어 보는 식이다. 그 과정 속에서 꾸준한 의지를 발휘하면서 자신감을 키워갈 수 있다. 어떤 사람을 만나는가도 중요하다. 내 자존감을 깎아내리는 사람을 만나기보다, 나를 괜찮게 여겨주는 사람을 자주 만나 대화해야 마음의 힘도 기를 수 있다.

자신의 특성을 관찰하고 살펴보고 언어로 이를 규정하는 건 쉽고 간단한 일이다. 하지만 한편으로 위험한 일이기도 하다. 특정한 잣대로 나를 규정하고 그걸 주된 원리로 내 행동을 해석하면 오히려 보이지 않는 감옥에 갇히기 쉽다. 인간의 성격과 행동 특성은 MBTI 속 열여섯 개 유형보다 스펙트럼이 넓다. 차라리 작은 상황을 바꾸며 자신감을 키워보자. 우리가 생각하는 것 이상으로 상황은 힘이 세다.

6장

그냥 유리멘탈 개복치로 살아남기

'어쩌라고'와 '아님 말고'

드라마 〈멜로가 체질〉의 주인공 손범수는 잘 나가는 방송사 드라마국 PD다. 극 중에서 그가 유명 작가 정혜정의 대본을 연출하지 않겠다며 퇴짜 놓는 장면이 있다. 범수는 혜정의 글이 자신의 마음을 두드리지 않는다며 단순하고도 명확한 이유를 댄다. 화가 난 베테랑 작가인 정혜정이 "내가 드라마판 선배로서 충고 하나 할게…"라는 말을 꺼내들며 잔소리를 시작하려 한다.

바로 다음 장면이 인상적이었다. 순간, 범수가 갑자기 자신의 귀를 손으로 쳐대기 시작한다. "아~~ 안 들어~ 안 들어~ 충고 안 들어~~~~”

극 속에서 이 장면을 지켜보던 보조 작가 진주는 범수의 신선한 방식에 놀란다. 그러곤 마음속으로 그녀는 말한다. ‘와. 네가 이겼다. 모지리인데 닮고 싶어.’ 그 장면을 보자마자 나 역시 범수에게 반했다.

이 놀라운 전개는 뭘까 한참 생각했다. 헤어 나오기 힘든 매력에 같은 장면을 유튜브로 여러 번 감상했다. 다시 봐도 현실의 나로서는 도통 실행에 옮기기 어려운 대처방식이었다(사실 나뿐만이 아니라 평균적인 직장인이라면 엄두도 내기 어려운 행위다).

학창 시절과 직장생활 당시 나는 대부분 상대가 하는 말을 마음 깊이 받아들여야 한다고 생각했다. 시간이 지나면서 마음으로 받아들일 필요 없는 말도 세상에 존재함을 깨닫게 되었다. 황당하고 기분 나쁜 말을 들었을 때 ‘이건 아무리 생각해 봐도 나한테 불공정한 지시인데?’, ‘방금 전 그 말은 나를 오해하고 함부로 내뱉는 소리인데?’, ‘내 인격체를 존중하지 않는 무례한 말인데?’ 등 생각만 할 뿐 시원하고 명확하게 반박논리를 내뱉는 드라마 주인공처럼 행동하지 못했다. 범수처럼 내 귀를 손으로 두드리면서 “안 들어~”를 시전할 만한 담대한 용기도 없었다. 때로는 무례한 말을 들었다는 사실 자체보다 그 자리에서 순발력 있게 사이다 킥을 날리지 못했다는 사실이 분했다. "아, 그때 그 말을 날렸어야 했는데." 밤에 잠도 못 이룰 지경이었다.

내가 예민한 것인지, 그가 무례한 것인지 헷갈리던 시절

민감한 사람들이 사회생활에서 대부분 까칠하다고 생각하면 오산이다. 물론 바깥으로 까칠함을 끝도 없이 드러내는, 까다로운 성격의 인간도 존재한다. 반면 어릴 때부터 불편함을 있는 그대로 드러내면 민폐라는 이야기를 들으며 자란, 그런 식으로 교육받고 사회화된 사람도 있다. 나 역시 마찬가지였다.

'유별나고 예민한 구석을 드러내면 사랑받기 어렵다', '사람이 매사 적당히 웃으면서 넘겨야 제대로 사회생활할 수 있다'는 이야기는 익숙한 레퍼토리였다. 어릴 때부터 내가 타고난 기질 중 많은 부분이 잘못된 것이 아닐까 두려웠다. 민감한 성격을 최대한 숨겼고, 누군가에게 상처받아도 아닌 척 허허실실 넘겼다. 다행히 다른 사람의 감정 상태도 빨리 알아채는 편이라 타인이 불편해할 만한 행동은 미리 피했다.

이런 방식의 사회화는 훌륭한 효과를 가져왔다. 지금도 그렇게 생각한다. 나는 사회에서 그럭저럭 적응할 수 있는 인간이 되었으며 주변의 평가도 나쁘지 않았다.

그러나 마음 한편으로 타인의 무례한 말에 예민함과 불편감이 치솟을 때마다 '이런 불편함을 느끼는 내가 사회에 적응 못하는 인간인가? 내가 너무 예민한 건가?' 의문이 솟아났다. 스스로의 감정과 생각에 의문이 많았으니, 당당히 의견을 밖으로 꺼내어 놓기도 어려웠다(불편하거나 부정적인 감정은 드러내 보이면 안 된다고 생각하며, 눈치가 살아가는 데 중요하다고 생각하는 문화도 한몫한다고 생각한다). 이 역시 수용력이 있는 것으로 포장한다면 장점이 맞다. 그러나 가끔은 울컥하는 감정이 솟아났다. 부당한 상황에 맞닥뜨렸을 때, 이런 것까지 불편하게 느끼는 내가 잘못된 걸까 봐 제대로 말을 꺼내지 못하는 경우도 있었다.

남에게 무엇을 부탁하거나, 만남이나 모임을 주선할 때도 자주 비슷한 심리상태에 빠졌다. 남에게 조금이라도 민폐 끼치는 것을 극도로 싫어했다. 누군가에게 만나자고 조르거나 내 부탁을 들어달라고 말을 건

넬 때, 그것이 상대방에게 심각한 민폐일까 두려웠다. 상대가 나를 귀찮은 사람으로 여길까 봐 걱정부터 되었다. 겉으로는 남에게 무언가를 부탁하는 것이 귀찮다고, 나는 내 힘으로 무언가를 해결하는 것을 좋아하는 자립형 인간이라 자부했으나 일종의 방어막을 둘러친 거였다. 부탁해도 타인에게 크게 민폐 끼치는 일이 아닌 경우에도 미안하다는 이야기를 몇십 번쯤 하는 일도 있었다. 어느새 나는 '부탁 포비아'가 되어 있었다.

어느 순간 깨달았다. 나는 범수처럼 멋진 또라이가 될 수 없음을. 사이다킥을 날릴 만한 순발력도 내게는 존재하지 않음을. 이미 사회화된 나를 통째로 탈탈 털어 없앤 다음, 새로운 인격체로 탄생하지 않는 한 범수처럼 행동할 수 없음을 깨달았다. 다만 간단한 두 가지 말 정도는 마음에 되새기기로 했다. '어쩌라고'와 '아님 말고'라는 마법의 말을.

누군가 부당한 것을 내게 요구하거나, 어처구니없는 평가를 내뱉거나, 친절한 척 은근히 먹이는 말을 시전할 때 이제는 '내가 예민한 건가?', '내가 부적응이라 불편함을 느끼나?' 같은 방식으로 생각하지 않으려 노력한다. 당장 사이다킥을 날리지 못하더라도 큰 상관은 없다. 마음속으로 '어쩌라고', '네 말도 안 되는 소리 안 들어', '당신 말 틀렸거든요' 정도만 생각해도 마음이 편안해졌다.

누군가 하는 말에 "반사!"라고 외치던 기억을 떠올리면 된다. 누가 나에게 약 올리는 말을 던졌을 때 "반사!"라며 상대방에게 되돌려 주는 행위. 반사는 잘못된 말이나 태도에 앙갚음하겠다는 의미에 초점을 맞춘 게 아니다. 너의 말이나 행동을 굳이 수용하지 않겠다는 의지를 뜻한다. 그 사람의 무례한 말에 내 기분이 우울이나 분노에 젖어드는 것을 방지하겠다는 의미다.

범수가 네 말 안 듣겠다며 손으로 귀를 쳐대는 행동을 나는 속으로 하는 것이다. 내가 모든 이야기를 아니꼽게 듣는다면 사회 부적응자일 것이다. 이 조언은 고집쟁이나 꼰대에게 하는 말이 아니다. 남의 말을 지나치게 많이 받아들이고 수용하여 도리어 궤변이나 상대의 엉뚱한 고집에도 마음이 혼란스러워지는, 당신에게 하는 말이다.

부탁이나 만남의 주선, 오래간만의 연락 역시 지나

치게 무겁고 비장하게 여기는 게 문제임을 깨달았다. 상대방에게 거절당할까 봐, 상처 입을까 봐 두려워하는 무거운 마음을 가볍게 바꾸려고 한다. '아님 말고'가 필요한 순간이다. 상대가 거절해도 의외로 별일 아닌 경우도 많다. 모든 사람에게는 각자의 사정이 있다. 지금은 누구에게 부탁할까 연락할까 고민하지만 몇 년 후에는 생각이나 고민도 하지 않을 경우가 대다수다.

뛰어난 공감능력과 수용능력은 분명 훌륭한 자질이다. 사이다킥을 못 해도 바보는 아니다. 드라마 주인공들은 쉽게 속 시원한 말을 날릴 수 있다. 반면 현실에 발붙이고 사는 우리에게, 한국에서 몇십 년간 사회화된 우리에게 쉬운 일은 아니다.

사이다킥을 날리기 어렵다면 '어쩌라고'와 '아님 말고'의 정신은 머릿속에 담아두자. 마음속으로 내 편을 드는 것도 방법이다. 지나치게 비장한 마음과 태도를 털어버리는 게 나을 때도 있다. 가벼운 생각이 우리를 자유롭게 한다.

솔직한데
무례하면서
정직하고 다정한 사람

직장에서 근무하던 시절, 소개팅 제의를 받은 적이 있다. 주선자로 나서겠다며 제안을 던진 이는 나이가 꽤 있는 직장동료였다. 건실하고 멋진 남성을 소개해 준다는 말과 함께 그는 내 얼굴을 빤히 쳐다보았다.

"다 좋은데 그 소개팅남이 얼굴을 좀 따져. 그래서 조금 걱정되네."

말을 한 당사자는 얄미운 캐릭터도, 악의로 가득 찬 빌런도 아니었다. 상대를 한 방 먹이면서 쾌감을 느끼는 스타일도 아니었다. 오히려 해맑다는 평을 듣는 이였다. 종종 사람 좋다는 평가를 듣기도 했다. 다만 솔직한 마음을 괴상하게 표현하는 경우가 많았다. 가끔 재미없고 시시한 농담을 던지기도 했다. 그 농담이 시시함을 넘어 황당함에 이르는 경우가 간혹 있었는데, 그날 내게 던진 농담이 그랬다.

그 동료처럼 특이한 방식으로 진심을 표현하는 사람들을 종종 만난 적 있었다. 친구 J가 그랬다. 선한 의도로 가득 찬 J를 만나면 난감함에 빠지기 일쑤였다. 가령 내가 머리를 새로 하고 모임에 간 날에는 "그 머리 어디에서 했어. 다시는 거기에서 하지 마"라는 말과 함께 안타깝다는 시선을 던졌다. 새 옷을 입고 만난 날에는 "너한테 그런 스타일의 옷은 어울리지 않아. 왜 안 어울리는 것만 고르니?"라는 말을 다정한 눈빛과 함께 건넸다. 화장이 잘못되거나 피부에 무언가가 났을 때도 걱정스러운 눈빛으로 그걸 굳이 큰 소리로 꼭 집어 말해주는 스타일이었다. "너 얼굴 어떻게 된 거야, 도대체"라는 말에는 걱정의 마음이 담겨 있었으나, 가끔 불필요하게 큰 목소리로 지적하는 태도에 당황했다.

J는 진실 된 사람이었다. 입도 무거운, 다정한 이였다. 그렇지만 J의 진심 어린 말은 이따금 상대의 속을 쓰리게 만들었다. 그가 나쁜 사람은 아니라는 사실을

알기에 나 역시 더 이상 반박하지는 않았지만, 마음 한 구석에 찝찝함이 머물 때도 있었다.

솔직함과 무례함의 경계

솔직함은 큰 미덕이다. 속마음을 감추고 자기방어적인 표현만 거듭하는 사람들을 만나다, 솔직하게 속마음을 이야기하는 사람을 보았을 때 느껴지는 특유의 상쾌함이 있다. 진솔하고 담백한 사람에게 매력을 느끼는 건 어느 정도 당연한 일이다.

그러나 솔직함을 거침없이 속마음 말하기로 착각하는 사람들을 만나면 한없이 난감하다. 그들은 대체로 진심을 가감 없이 내뱉은 다음 "나는 솔직해서 어쩔 수 없어", "이건 꾸밀 수 없는 내 진심이야"라는 말로 모든 상황을 일갈한다. 자신의 솔직한 매력을 당당하게 내세우는 탓에, 그 무례함에 항의할 마음조차 사라질 때도 있다. 본인이 솔직한 마음을 표현한다는데, 나는 왜 그 솔직한 말에 기분이 나쁜지 의문부호가 머리에 떠오르기 일쑤다.

생각해 보자. 솔직하다면서 무례한 부류는 대체로

다음과 같은 명제를 깔고 진심을 전한다. '진심이 거짓보다 바람직하며, 진심을 굳이 포장할 필요는 없다.' 그러나 진심을 담은 말은 모두 바람직하고 아름다운 것일까. 솔직함을 가장한 사람들에게 한 방 먹을 때마다 의문이 생겼다.

정신의학과 전문의 문요한 박사는《관계를 읽는 시간》에서 솔직함을 두 부류로 나누어 정의했다. 그에 따르면 솔직함은 Frank와 Honest라는 말로 나누어 비교해 볼 수 있다. 두 단어는 같은 의미를 담은 형용사지만 미세한 차이도 존재한다. Frank는 때때로 상대를 불편하게 만드는 거친 솔직함을 일컫는다. 상대의 마음을 염두에 두지 않고 거친 감정을 그대로 표현하는 1인칭 시점의 말인 셈이다.

예를 들어 "네 머리 자른 헤어 디자이너 말이야. 머리를 너무 엉망으로 해"라고 말하는 사람들은 상대가 어떻게 느낄지 고려하지 않고 자신의 마음을 직설적으로 내뱉는다. 이 과정에서 상대에게 찜찜함이나 상처를 안겨준다. 물론 지인 J처럼 상대의 기분을 일부러 언짢게 하려는 의도가 전혀 없는 경우도 있다. 그렇지만 상대의 입장을 고려하지 않고 내뱉은 말은 그 잘못된 포장지 때문에 듣는 사람을 화나게 만든다. 포장지가 초라해도 택배상자 안에 든 물건이 다이아몬드나 순금이라면 더없이 빛나겠지만, 입으로 내뱉는 말은 다르다. 아무리 빛나는 진심이 담겨 있어도 잘못 고른 포장지에 싸여 있으면 진실의 언어는 상대의 마음에 가닿지 못한다. 사람들은 흔히 진심 그 자체로 빛난다고 생각하지만, 진심도 상대에게 적절한 방식으로 전달되어야 아름다운 법이다.

반면 Honest는 상대의 마음을 고려하면서 표현된 솔직함이다. 상대에게 내 말의 형식이나 비언어적 표현이 어떻게 상대에게 다가갈지 충분히 고려하며 이야기한다. 가령 "이번 머리 스타일도 역시 마음에 들지만, 지난번 스타일도 좋았어" 정도의 말도 진심을 전할 수 있다. 상대에 대한 섣부른 판단을 내뱉는 게 아니라 내 솔직한 감정을 이야기하며 상대에게 적절한 전달방식을 쓰는 것이 Honest다. 진실한 마음도 때로는 거름망과 적당한 포장이 필요한데, 이를 적절히 활용하는 방식은 Honest로 표현할 수 있다.

악의 없지만 무례한 말에 대응하기

진실의 민낯이 늘 아름다운 것만도 아니다. 이재규 감독이 연출한 〈완벽한 타인〉은 최근에 본 영화 중 인상 깊은 작품이었다. 영화 속에서 네 쌍의 커플은 서로의 핸드폰 문자와 이메일을 모두 공유하는, 흥미롭지만 위험한 게임을 한다. 아름답지 않은 진실이 드러나고 서로에 대한 솔직한 마음이 모두에게 전달된다. 처음에는 재미로 시작한 게임으로 인해 상황은 순식간에 난장판이 된다. 진심도, 진실도 때때로 숨겨야 할 때가 있다. 솔직함과 예의 사이에 적절한 균형이 잡혀 있어야 진솔한 말도 빛이 나는 법이다.

누군가의 솔직함에 지속적으로 마음이 상한다면, 그럴 만한 이유가 존재할 가능성이 높다. 난감한 경우는 악의 없이 거친 솔직함으로 타인에게 피해를 주는 사람이다. 이런 사람들의 말에 어떻게 대응해야 할까.

먼저 이 사람의 악의 없는 진심에 초점을 맞추어 이해해 보는 방식이다. 무제한의 인내심은 필요 없지만, 이런 유형의 사람이 솔직하고도 무례한 말을 내뱉을 때 '표현 방식을 잘 배우지 못한 사람이구만' 정도로 가볍게 생각하는 것이다. 상대의 악의 없는 진심과 거칠고 서툰 표현 방식을 분리해서 이해하는 게 중요하다. 적절한 표현 방식을 배우지 못한 사람의 말에 일일이 기분 나빠하다가는 내 감정과 에너지가 남아나지 않을 수 있기 때문에 가볍게 넘기는 태도도 필요하다.

그러나 함부로 내뱉는 모든 말을 이해해 주기 어려운 경우도 있다. 그럴 때 그의 말을 한번씩 되짚어 무례한 포인트를 알려줄 필요도 있다. 솔직하지만 무례한 말을 들은 바로 그 순간에 이야기하는 것이 중요하다. 가령 앞의 소개팅 일화에서 나는 솔직한 말을 한 직장동료에게 웃으며 바로 맞받아쳤다. "그렇다면 선생님은 제 외모가 좀 별로라 소개팅남 마음에 들지 않는다는 말씀이세요? 저도 우리 집에서는 엄마가 최고라고 칭찬하는 외모의 소유자예요. 조금 서운한데요." 나의 조근조근한 반박에 동료는 바로 너털웃음을 지으며 "그런 이야기가 아니라…" 식의 변명을 꺼냈다.

상대의 무례함을 참다 참다 더는 견디기 어려울 때는 살짝 언질을 던져 줄 필요도 있다. "당신은 솔직한 게 큰 매력이지만, 그 솔직함을 좀 부드럽게 표현했으면 좋겠다" 정도의 조언을 건네는 것도 한 방법이다.

거친 말의 강도가 유독 센 이들이 있다. 상대의 외모를 비하하거나 직업이나 조건 등을 내려 깔며 거침없이 이야기하는 사람이라면 한 번쯤 솔직함을 가장한 무례함에 찬물을 끼얹어줄 필요가 있다. “지금 그 말, 생각하고 하는 말이죠?” 정도면 충분하다. 솔직함은 공격 불가능한 무쇠 방패가 아니니까.

예민함의 안식처 만들기

신림동 지하 바의 좁은 계단을 내려간다. 실내에는 빠른 템포의 재즈 음악이 울려 퍼지고, 후텁지근한 공기 속에 옅은 땀냄새가 느껴진다. 넓은 홀에는 짝을 이루어 춤을 추는 사람들로 가득하다. 나 역시 얼른 춤을 추고 싶은 마음에 스윙화로 재빨리 신발을 바꾸어 신었다. 이 시간, 나는 원래 이름이 아닌 닉네임으로 존재하는 사람이었다. 모두가 마찬가지로 서로의 신상을 캐물을 필요도, 이유도 없었다.

결혼 전 한때 스윙댄스 동호회 활동을 했다. 직장생

활에 지치던 어느 날 우연히 공원에서 한 무리의 춤추는 사람들을 본 것이 계기였다. 공원이라는 공개된 공간에서 자유롭게 웃으며 춤추는 모습이 신기했다. 스윙댄스라는 춤을 그 때 처음 접했다. 옛 할리우드 영화에서 미국 틴에이저들이 손을 잡고 졸업 축하파티에서 스윙 재즈에 맞춰서 빙글빙글 돌고 팔짝팔짝 뛰면서 춤을 추는 장면을 본 적이 있었는데 바로 그 춤이었다.

호기심이 생겨 인터넷 검색을 해보니 온라인으로 카페에 가입한 후 오프라인 강습을 들으러 가면 된다는 정보를 얻었다. 카페에 가입할 때 아무렇게나 지은 닉네임이 내 호칭이 되었다. 처음엔 당황했지만 곧 익숙해졌다. 아무도 내 본명을 궁금해 하지 않는다는 사실이 신선했다.

물론 동호회도 인간관계가 맺어지는 공간이었다. 강습 후 뒤풀이에서 서로의 직업이나 나이를 묻는 일도 많았다. 그러나 동호회에서는 기존에 만났던 학창시절 친구나 직장동료와는 다른, 새로운 형태의 연대가 만들어졌다.

스윙댄스에서 남성은 리더, 여성은 팔로워로 부른다. 다양한 배경과 직업을 가진 사람들이 그저 리더와 팔로워로 만나 어울려 춤을 추었다. 당시는 직장 생활을 하는 때였기 때문에 일하는 시간 대부분은 긴장 상태였다. 그러나 빙글빙글 돌며 춤을 추던 순간에는 직장에서의 나를 잊었다. 직장과 인간관계에 대한 생각, 잡다한 고민, 날 서 있는 감각이 순식간에 사라지는 순간이었다. 음악에 맞추어 춤을 추는 지금 이 순간만 존재했다.

동호회 안에서 누군가와 어울리는 것 역시 부담스럽지 않았다. 물론 댄스 동호회에도 사람들 사이에 다툼이나 질투, 불편한 감정들이 가끔 오가는 일이 있는가 하면 남녀가 어울리는 곳이라 이성 간의 미묘한 문제가 벌어지는 경우도 있었다. 그러나 나는 그런 것보다 춤 자체에 관심이 많았다. 어떻게 하면 더 즐겁게 춤출 수 있을 것인가. 오늘 밤에는 어떤 식으로 더 즐겁게 몰입해 춤출 수 있을까. 어떻게 해야 더 정확하고 텐션이 살아 있는 동작을 해낼 수 있을까. 아무리 고민해도 내가 몸치인 건 사실이었다. 다이내믹하고 근사한 동작으로 보는 이를 흐뭇하게 만드는 댄서가 아니었다. 그러나 따지고 보면 멋지게 춤을 출 필요도 없었다.

한없이 자유로웠던 이유

결혼하면서 동호회를 관두었지만 당시의 즐거움은 여전히 생생하다. 춤추던 그 순간, 모든 상황이 버겁지 않고 긴장 없는 자유로움을 즐긴 이유는 무엇 때문이었는지 10년이 지난 지금, 되돌아본다.

첫 번째는 춤이라는 몸을 움직이는 행위 자체에 몰입했기 때문이었다. 당시 나는 춤바람이 난 상태였다. 여기에서 바람이 났다는 걸 부정적으로 해석할 필요는 없다. 무엇인가에 몰입하여 다른 상황을 잊을 정도의 경지에 이르렀음을 뜻한다.《몰입의 즐거움》을 쓴 저자 미하이 칙센트미하이Mihaly Csikszentmihalyi는 행복을 돈이나 권력으로 얻을 수 있는 것이 아니라고 말한 바 있다. 행복은 그것을 직접적으로 찾을 때가 아니라 우리가 인생의 순간순간에 충분히 몰입하고 있을 때 찾아온다고 한다.

인간관계에 민감한 이들이 날 서 있는 때는 언제일까? 타인의 시선을 의식할 때다. 내가 타인에게 어떻게 보일지 걱정되는 순간 관계 스트레스가 가중된다. 내가 다른 사람에게 부적절한 인간으로 보일까 고민하다 초조해지고 우울해지는 경우도 있다. 특히 내 경우에는 대화를 나눌 때 스스로가 바보 같아 보이거나 서툴러 보이는 상황을 두려워하는 편이었다. 이 두려움이 스스로를 피곤하게 만들었다.

춤을 출 때는 그런 걱정이 휘발되었다. 적어도 나에게 있어 춤을 추는 것은 남들에게 잘 보이기 위해 하는 행위가 아니었으므로(물론 똑같은 춤 동호회를 다니더라도 그 사람의 취향이나 목적에 따라 이 부분은 달라질 수 있다). 온전히 내 즐거움을 위해 지속하는 행위였다. 칙센트미하이의 연구에 따르면 그림이나 주위의 모든 것을 잊고 음악, 예술 행위를 하는 사람들의 경우 행복감을 자주 느낀다고 한다. 보상이 따라오지 않아도, 사회의 인정을 받지 않아도 삶을 즐기면서 사는 사람들은 행복을 느꼈다. 누군가의 시선을 의식하거나 잘해야 한다는 강박관념을 내려놓고 오로지 한 가지 행위에 집중할 때 행복이 오기 쉽다는 이야기다.

스윙댄스 동호회가 즐거웠던 두 번째 이유는 관계로부터의 자유가 있었기 때문이다. 동호회 가입 이전까지 나는 대부분 가족이나 직장 등에서 한정된 인간관계를 맺어왔다. 대부분 가입만 있고 탈퇴가 어려운 관계에 속했다. 대개 이러한 인맥은 위와 아래가 존재하는 수직적인 경우가 많았다. 가족이나 직장이라는 관계의 유지를 위해 필요하다면 내 존재감이나 욕구를 숨겨야 하는 일도 많았다.

동호회 활동은 여러모로 달랐다. 강습을 해주는 선생님이 있었지만, 그들도 대다수 춤을 취미로 삼은 평범한 직장인이었다. 강습 도우미나 강습생들도 비교적 수평적인 관계에 속했다. 현실 속 나와 제법 동떨어진 '새로운 나'를 재발견할 수 있는 재미도 있었다.

트렌드 분석가 김용섭은《라이프 트렌드 2020》이라는 저서를 통해 끈끈한 연대가 아닌 느슨한 연대를 새로운 트렌드의 하나로 언급한 바 있다. 끈끈한 연대는 우리가 일상생활을 할 때 속해 있는 가족, 직장, 각종 인맥 등의 인간관계를 말한다. 일단 가입하면 탈퇴가 어렵다. 이 관계에서 빠져나오는 건 배신이나 배반으로 치부되는 경우가 많다.

그러나 소셜 네트워크나 취미 동호회 등을 기반으로 한 느슨한 연대는 탈퇴가 비교적 쉽다. 공동체가 나에게 감정노동을 요구한다면 쉽게 빠져나올 수 있다. 대의를 위해 희생할 필요도 없다. 서로에게 말을 걸기가 쉽고 단절도 어렵지 않다. 느슨한 연대의 주어는 '나'다. 혼자서 고립되듯 외롭게 사는 것이 아니라 가치관이나 관심사에 따라 사람들은 자유롭게 연대하고 필요에 따라 흩어질 수 있다. 이 과정에서 '나'라는 존재를 지키기 쉽다.

예민함이 쉴 수 있는 몰입의 순간

끈끈한 연대 속 촉각이 곤두서는 대화에 지칠 때가 있다. 인간관계의 버거운 무게가 갑작스럽게 느껴지는 순간이다.

이런 순간에는 새롭고 느슨한 관계를 갖는 것도 도움이 된다. 동호회나 소셜 네트워크를 통한 취미 모임 등이 대표적인 예가 될 수 있다. 인간관계에 지쳐 아무런 연대를 맺고 싶지 않다면 혼자 몸을 쓰는 활동이나 몰입할 수 있는 취미를 가져보는 것도 괜찮다. 아무 생각 없이 몸을 움직이는 동안 머리를 식힐 수 있기 때문이다.

자유로운 '나'를 지킬 수 있는 모임에 나가 느슨한 관계와 연대를 맺어보는 건 어떨까. 내가 언제든 빠져나올 수 있는 관계를 맺는 건 자유를 안겨준다. 특히 평소 좋아하는 관심사를 기반으로 한 관계라면 더욱 효과가 크다. 몰입의 순간 당신의 예민함은 잠시 쉴 것이다. 촉각이 곤두서는 대화보다 새로운 사람들과 관심사에 몰입하고 신선한 대화를 나눌 때, 새로운 형태의 자유가 찾아올지 모른다.

인간관계의 주파수를 맞추는 일

"어떻게 그 사람이 나한테 저럴 수가 있지?"

"우리 사이가 이렇게 변할 수 있을까. 씁쓸하다."

"이렇게 가벼운 대화만 하면서 사람을 만나는 게 의미 있는 일일까?"

서른 중반이 넘자, 모임이 끝난 뒤 헛헛한 마음을 안고 집으로 돌아오는 일이 잦아졌다. 외로움을 달래고자 사람들과 소통하고 싶은 마음에 대화하고 왔는데도 공허하다 느낀 날들이었다. 나이를 먹을수록 인간관계를 맺는 게 쉽지 않았다. 가깝던 사람이 내 의지와 상관없이 멀어지기도 했다. 누군가는 나를 멀리하고, 나도 부담스러운 누군가를 멀리하는 일이 잦아졌다.

사람들과 모여 나누는 시답잖은 이야기에 회의감을 느끼는 일도 잦았다. 예전에는 관심사가 비슷해 깊은 이야기도 나누었는데, 각자의 사정에 따라 관심사가 달라지면서 적당한 대화 주제를 찾기 어려워지는 경우도 생겼다. 대화의 소재는 재테크나 연예인 이야기 위주로 흘러갔다. 관계가 예전 같지 않고 변질되었다 생각했다. 나를 무심하게 대하는 사람들의 말투나 행동에 은근히 상처받기도 했다. 습관적으로 내가 좋아하지 않는 주제로 이야기를 꺼내는 사람들은 피하고 싶기도 했다. 이제 우리는 겉도는 이야기만 나누는 사이가 되었을까. 의문 부호가 머릿속을 맴돌았다.

외롭기는 싫은데, 헛헛한 만남을 지속하기도 싫었다. 10대와 20대 때는 마음 맞는 사람을 만나 이야기를 나누는 일이 마냥 즐거웠다. 30대 후반이 되자 지독하게 외로워져 누군가를 만나서 깊은 이야기를 나누고 싶은데 그러지 못하는 상황이 늘어만 갔다. 인간관계는 내 맘 같지 않다는 진리가 현실로 다가온 날들이었다.

사람도 마음도 변한다

"어떻게 사랑이 변하니"

영화 〈봄날은 간다〉에서 엔지니어 상우(유지태 분)가 자신에게서 멀어지려는 연인 은수(이영애 분)에게 외치는 유명한 대사다. 갓 스무 살에 본 영화였지만 상우의 외침은 공허하게 들렸다. 영화를 보며 스무 살의 내가 중얼거렸다. "사람의 마음은 시시각각 변하고 관계도 변한다는 사실을 저 순진한 청년은 진정 모르는 걸까."

오랜만에 이 영화를 다시 감상하며 깨달았다. 나 역시 상우가 했던 말을 마음속으로 외치고 있었음을. 친구나 지인들과 가졌던 마음, 나누었던 추억, 나눌 수 있는 대화 역시 시시때때로 변하고 있었는데, 나는 거기에 대고 어떻게 마음이 변하냐고 외치는 중이었다.

누군가와의 관계에 있어 기대치가 높은 편이었다. 이상적인 인간관계의 기준을 머릿속으로 설정해놓고, 그에 미치지 못하면 이건 잘못된 관계 아닌가 생각했다.

심리학 용어 중 기대치 위반 효과Expectancy Violation Effect라는 것이 있다고 한다. 상대가 나의 기대치에 어긋나는 행동을 할 경우, 그에 대한 평가가 일반적인 상황에 비해 급격히 달라지는 현상을 말한다. 만약 상대방의 행동이 기대치를 초과하는 경우 큰 감동과 호감이 밀려온다. 처음 나에게 무뚝뚝했던 친구가 갑자기 잘해주면 마음을 활짝 열게 되는 상황이 그 예다. 반대로 기대치에 미흡하거나 반하는 방향으로 나타나면 실망과 부정적인 평가가 이어지기도 한다. 매우 친하다고 생각했던 이가 갑자기 나에게 소홀히 대하면 그로 인한 슬픔이 배가 되는 것을 우리는 자주 느낀다.

'너라면 응당, 우리 정도의 사이라면 당연히, 이 정도의 깊은 대화를 나누고 감정을 공유해야지.', '나를 나로서 이해하고 알아줘야 하는 거 아니야?' 과도한 마음속 기대를 타인에게 끝도 없이 해왔던 셈이다. 내가 원하는 방향의 대화를 나누는 인간관계만이 참다운 것이라 여겼다. 대화가 내 기대치에 미치지 못하면 실망감에 젖어 들었다.

고슴도치의 거리

독일의 철학자 쇼펜하우어Arthur Schopenhauer는 인간관계의 거리를 고슴도치의 가시에 비유한 바 있다. 추운 겨울에 고슴도치들은 추위를 피하기 위해 한 곳에 모여들며 서로에게 다가간다. 그러나 지나치게 가까울 경우 날카로운 가시에 찔리게 되고, 멀리 떨어지면 추워진다.

인간관계는 고슴도치의 거리 좁히기와 비슷하다. 외부에서 따뜻함을 얻고자 한다면 어느 정도 타인으로부터 상처 받을 걸 각오해야 한다. 상처를 주는 인간관계에 너무 실망할 필요는 없다. 고슴도치 역시 서로 멀어졌다 가까워졌다를 반복하며 적당한 거리를 찾아간다. 사람 사이의 관계도 마찬가지다. 서로 지나치게 멀지도 않고 지나치게 가깝지도 않은 적당한 거리가 형성되면 관계가 오히려 오랫동안 유지된다.

우리는 어차피 완벽하지 않은 사람들이다. 완벽하지 않은 사람들이 모여 소통하고 연대할 수 있음을, 그러나 의존적이지 않은 그 거리를 찾아가야 함을 깨달았다. 아무리 마음을 깊이 나눈 친구 사이라도 그 관계 역시 노력하지 않으면 변할 수 있다는 진리도 깨달았다. 타인은 내 기대치를 맞추기 위해 있는 존재가 아니라 각자의 욕구와 감정을 가진 존재임을 잊지 않기로 다짐했다.

이제는 주파수를 맞추듯 사람에 대한 기대치를 적당히 조절하려 노력한다. 대화를 할 때 진지한 주제여야 한다는 강박관념도 버렸다. 라디오 주파수를 맞추듯 사람마다 각기 다른 대화의 주파수를 맞춘다. 모두에게 높은 주파수를 적용하여 기대치를 한껏 높이지 않기로 결심했다.

헛헛한 대화도 가끔 존재하는 법이다. 가벼운 대화를 나누다가 외롭지 않은 대화를 나누는 날도 있다. 가벼운 이야기를 하고 끝내는 사이라도 정신건강에 나쁘지만 않다면 각기 나름의 의미가 있지 않을까.

어떤 경우든 사람에 대한 기대치를 조금만 낮추면 대부분의 경우 인간관계가 만족스럽다. 내 마음을 공감해 주지 않고, 나의 예민함을 받아주지 않는다고 남편에게 화내는 일도, 친구가 예전 같지 않다고 서운함을 느끼는 일도 대부분 잊혔다. 나 역시 완벽하지 않은 인간이다. 잊지 않기로 했다. 완벽하지 않은 타인과 완벽하지 않은 관계를 맺는 것이 인간관계임을.

좋은 해석이 내 인생을 바꿀 때

"망했다"는 말을 듣자 힘이 빠졌다

"망했다"는 말을 습관적으로 중얼거리던 친구가 있었다. 진행하던 일이 수포로 돌아가거나, 기대한 만큼 결과가 나오지 않을 때마다 그 말을 꺼내들었다. 나와 함께 진행하던 일이 잘 되지 않았을 때도 그는 버릇처럼 같은 말을 내뱉었다.

고백하건대 나 역시 '망했네, 망했어'를 머릿속으로 자주 중얼거리는 부류의 인간이다. 내 생을 둘러싼 사건의 결과를 흥과 망으로 나눈다면, 90퍼센트의 망과 10퍼센트의 흥으로 분류하는 축에 속한다. 물 반 잔을 보고 "반 잔이나 남았잖아"라고 희망에 가득 찬 말을 꺼내고 싶었지만, 결국 "반 잔 밖에 안 남았네"라고 이야기하는 비관주의를 버리지 못했다.

그러나 내면의 목소리가 아닌 타인의 입을 통해 '망했다'는 판정을 듣는 건 또 다른 차원의 일이었다. 그 말에는 마법이 있었다. 모든 게 망한 듯, 세상이 끝난 듯 느끼게 하는 마법.

한때는 상황이 먼저 존재하고, 이 상황을 언어로 표현하고 규정할 수 있다고 생각했다. 그러나 삶의 경험치를 쌓다보니 언어가 상황을 해석하고 규정하는 경우도 적지 않음을 깨달았다. 가령 시험에 합격해 "기쁘다"고 외치면 '시험 합격=기쁜 일'로 규정된다. 반대로 버스를 놓쳐 지각한 상황, 원하지 않는 과제를 떠맡은 상황을 "망했다"라고 구체적인 언어로 표현하면, 그 순간부터 그건 정말 망한 상황이 되어 버렸다. 상황의 판단이나 해석을 입 밖으로 꺼내어 말하거나 글로 표현하는 순간부터, 언어는 독자적인 힘을 가지기 시작했다.

나 역시 "아무리 해도 안 되겠네", "이건 최악의 상황이야"라는 식의 말을 거듭 이야기하는 습관이 있었다. 특히 어떤 일을 진행하다 어려움에 빠지면 '아무리

해도 이건 결과가 좋지 않을 것 같아'라는 방식으로 결론을 쉽게 내렸는데, 이 생각은 '해도 안 되는 걸 애초부터 안 하는 게 맞지 않을까?''라는 의문으로 번졌다.

나 자신을 가혹하게 해석하는 일에도 앞장섰다. "또 실수하다니. 너 정말 바보 같아. 멍청이" 등 주변 사람에게 차마 말할 수 없는 이야기를 나에게 서슴없이 하며 비웃던 순간이 많았다. 어느 날 문득 스스로를 깎아내리거나 실패자로 판정하는 데 인생의 절반 이상을 소비해 왔음을 깨달았다.

물론 밑바닥에는 나에 대한 애틋한 마음이 깔려 있었다. 드라마 〈또 오해영〉 속 오해영의 대사처럼 "내가 조금만, 조금만 더 잘되었으면 하는 마음"이 숨어 있었다. 나를 더 괜찮은 인간으로 키워내고픈 바람, 인생이 수월하게 풀렸으면 하는 기대도 마음 한구석에 존재했다. 마음은 애틋했으나 전달방식은 한결같이 가혹했다. 채찍질을 주된 무기로 삼아 앞으로 나아가야 한다고 생각했다. 기대했다가 큰 실망에 부딪히는 일이 싫어, 손톱만큼의 기대감도 미리 꺾어버리는 쪽으로 내면의 대화를 했다.

그리고 비관적인 내면의 대화는 늘 강력한 힘을 발휘했다. 상황을 나쁘게 해석하는 결과로 이어졌다. 부정적인 생각도 쓸모 있는 구석이 있지만, 그런 생각을 10시간 이상 거듭하는 건 확실히 비생산적인 일이었다. 변화가 필요했다.

"망했다"는 주문을 버린 날

"망했네" 주문을 처음 버린 날이 있었다. 수능 직후의 일이었다. 내가 치렀던 2001년 겨울의 수능은 물수능으로 유명세를 치렀다. 시험 성적표가 나오기 전날, 라디오에서는 만점자가 60명이 넘는다는 소식이 흘러나왔다. 나 역시 점수 상승의 대열에 합류한 건 사실이었다. 그러나 바깥에서 들려오는 이야기가 심상치 않았다. 수능에서 한두 개만 더 틀려도 갈 수 있는 대학이 달라질 거라는 소문이 떠돌았다.

당시의 나는 제2외국어 영역 시간에 한 문제를 더 틀린 나를 습관처럼 탓하고 있었다. 자책감과 불안이 동시에 밀려 왔다. 시험 결과가 어떨 것 같냐는 질문에 대놓고 이야기하지 못했지만, 마음속으로 망한 것 같다고 중얼댔다.

수능 성적표가 나오고 지원했던 대학 중 한 군데에

떨어져 의기소침했던 어느 날, 울적한 마음을 달래러 도서관에 갔다. 모범생답게 책 냄새에 위안을 받는 날이 많았으니까. 이어폰으로 밝고 경쾌한 음악이 흘러나오고 있었다. 자료실 서가를 이유없이 어슬렁거렸다.

책 냄새의 힘이었는지 음악의 힘이었는지, 지금도 알 수 없다. 갑작스러운 긍정의 힘이 솟아났다. 어느 대학을 가던 결과에 상관없이 나는 공부를 하고 즐거운 생활을 이어갈 수 있을 것이라는 낙관적인 생각이 솟아올랐다. 대입의 결과가 내 인생 전반을 결정짓지 않을 것이며, 나는 생각보다 괜찮은 삶을 살아갈 가능성도 있다는 자신감이 차올랐다. 불현듯 지나간 긍정적인 생각에 마음은 평정심을 되찾았다.

물론 하루의 특별한 경험으로 사람이 바뀌는 건 드라마에나 존재하는 일이었다. 20여 년이 지난 지금도 비관주의에 휩쓸리는, 냉소적인 성격을 유지하고 있다. 그러나 이따금 긍정적인 생각 거리를 찾아보는 정도까지는 변했다. 나쁜 상황이 코앞에 당도했다 느낄 때는, 그 상황의 좋은 면과 좋지 않은 면을 동시에 들여다보는 연습을 한다.

'망했다 → 나는 영원히 망할 것이다' 생각의 알고리

즘을 끊기 위해 사건의 좋은 측면을 들여다보려 노력한다. 억지로 긍정해석을 하는 건 아니다. 다만 불행한 사건이나 삶의 난관에서 약간의 위안거리를 찾는 식이다. 원하지 않는 임무나 과제를 떠맡았을 때는 원치 않는 일을 하며 무언가를 배웠던 경험을 떠올린다. 버스를 놓쳤을 때는 사색에 잠겨 집까지 걸어갈 기회가 생겼다 생각한다.

당신이 나처럼 부정적인 거울을 먼저 들여다보는 사람이라면, 가끔은 거울의 반대쪽을 돌아보는 연습도 해보는 게 좋지 않을까. 부정적이고 비관적인 생각을 완벽히 버릴 수도, 그럴 필요도 없다. 부정적인 생각, 미래에 대한 불안도 나름의 쓸모 있을 때가 있다. 객관적으로 상황을 돌아보고 비판적으로 사고할 수 있게 만들어주는 게 불안의 힘이다. 그렇지만 상황이 내가 원하는 방향으로 완벽하게 굴러가지 않으면, 그 모든 걸 최악의 상황으로 몰아가는 엄격함은 버리는 게 좋다. 그 엄격함 때문에 마음의 힘이 모두 소진될 수 있으니까.

수필가이자 영문학자인 고故 장영희 교수의 〈나는 왜 공부를 하는가〉라는 수필에는 이런 이야기가 나온다. 그가 암 투병 중이었을 때 방송에 출연한 적이 있었다. 방송국에서는 그의 경력에 '현재 암 투병 중'이라는 문장을 넣었다. 방송국의 무심한 행동에 원망의 마음을 품거나 속상한 일로 해석할 수 있는 상황이었다. 그러나 장영희 교수는 긍정의 해석을 택한다. '암 투병도 병에 대하여 공부하며 싸워 나가는 과정이니 이것도 경력의 하나가 될 수 있겠다'는 생각이 머리를 스친다. 어릴 때부터 소아마비에 걸려 장애와 함께 지내야 했던 삶, 박사과정을 해나가는 과정에서 맞닥뜨려야 했던 차별, 세 번에 걸친 암 투병. 누군가는 고단하다 평가할 수 있는 인생 여정이었으나, 그녀는 끝내 삶을 기쁜 마음으로 껴안는다.

힘든 순간에 가장 좋은 해석을 찾아내는 힘. 내가 미처 깨닫지 못했던 것이었다. 이 이야기를 읽은 후부터 참기 힘든 일을 마주할 때마다 '에라이. 인생 공부 좀 하자'고 스스로에게 말한다. 아무리 손사래 쳐도 나에게 다가오는 인생의 고난이 존재한다. 그것조차 무언가 하나 배울 기회라 생각하면, 생각지 못했던 용기가 생긴다.

김사인 시인은 〈다 공부지요〉라는 시를 통해 "다 공부지요" 말하고 나면 좀 견딜 만해진다고 했다. 어려운 시간을 지날 때 떠올린다. 인생이라는 교실의 책상머리에 앉아 겸손하게 배워가는 중이라 스스로 토닥인다. 우리는 결국 삶이라는 과목을 배우는 학생이다. 부정적이고 비관적인 생각의 퍼레이드를 끊어내고, 결국 인생을 껴안아야 어떤 시간도 견딜 만해진다. 앞으로 나아갈 힘도 생긴다. 그래서 비관주의자인 나는 별수 없이 긍정의 길을 걸어간다.

✦ 에필로그 ✦

방패 없이도,
두 발을 땅에 잘 딛고 서 있을 당신을 위해

최근에 포켓몬 고라는 게임을 할 때가 있습니다. 여덟 살 난 아이와 대화를 잘 하기 위해 시작한 게임이지요. 고백하건대 나이 마흔이 넘어 포켓몬을 볼 안에 잡아넣는 게임을 할 거라 상상한 적은 생애 단 한 번도 없어요. 게임을 잘 하지도 좋아하지도 않으니까요. 그렇지만 때로 살다보니, 특히 아이를 키우다 보니 예전이라면 상상치 못한 행동을 하게 되는 그런 일이 이따금 생기더라고요.

아무튼 이 온라인 게임 속에서 가장 인상적인 부분은 포켓몬끼리 배틀을 하는 장면이에요. 지금까지 수집한 포켓몬이 포켓몬볼에서 튀어나와 마주 보고 싸우는데, 공격과 방어를 주고받는 그 장면이 흥미로웠어요. 특히 싸움 중간에 쓸 수 있는 '실드'라는 장치가 눈에 띄더군요. 일종의 공격을 막아내는 방패라고 할 수 있어요. 상대가 어떤 공격을 해오든 실드 장치를 사용하면 상처를 입지도 않고 피도 흘리지 않고 태연스레 방어가 가능하거든요.

가끔 나에게도 실드 장치가 있었으면 좋겠다는 생각을 해본 적이 있었습니다. 누군가가 나에게 무례한 말을 던지거나, 시도한 일이 잘 되지 않고 실패를 거듭할 때마다 실드 장치를 꺼내들고 싶었어요. 내게 다가오는 난관과 어려움을 마음 바깥으로 튕겨내, 일말의 상처도 입고 싶지 않았던 거지요. 스스로가 상처를 입지 않고 꿋꿋하고 의연한 모습으로 살기를 바라는 마음도 한 구석에 자리 잡고 있었어요. 내 마음속에 실드 장치가 있다면 얼마나 좋을까. 탐이 났어요.

겉으로 무던하고 씩씩한 척을 했고, 나는 강한 멘탈의 소유자라 자부한 시기도 있었어요. 그렇지만 속으로는 자주 좌절하고, 주변의 작은 말에 상처를 입기도 했습니다. '마음을 단련하겠다', '멘탈을 다스리겠다'는 다짐과 정반대로 주변 사람과 상황에 따라 마음속 파동이 계속될 때도 있었지요.

결과적으로 '너는 왜 이렇게 정신력이 약하니'라는 물음표 뒤로 자주 숨었어요. 같은 질문을 거듭하다 부정적인 논리 뒤로 숨을 때도 있었어요. 나는 근본적으로 게으르고 아무것도 못하는 사람이야. 나는 정신력이 약해. 내 인생은 글러 먹었어. 노력해도 아무것도 달라지지 않아. 비슷한 패턴의 말을 머릿속으로 반복했거든요. 포켓몬의 실드 같은 걸 장착하고 멋지게 변신하고 싶었지만, 결코 뜻대로 되지 않는 걸 깨달았거든요. 현실을 바라보는 대신 만화책이나 TV, 스마트폰 속 세상으로 한참 동안 도망간 경우가 많았습니다.

그런 제게도 아주 조그만 마음의 변화가 일어난 적이 있었습니다. 자존감 높고 멘탈이 강하다 여겼던 지인이 있었어요. 안타깝지만 그에게도 고통스럽고 힘든 날이 이어진 시기가 존재했습니다. 오랜만에 만난 그가 힘든 사연을 토로했는데, 마지막에 덧붙인 말이 인상적이었어요. "이건 견디기 쉬운 일이 아니야. 그렇지만 어쩌겠어. 살아나가야지." 짧은 이야기였지만, 조용한 의지가 담긴 말이었지요.

그 이야기를 들은 후 문득 주변을 돌아보았습니다. 돌아보니 모든 일에 의연하고 꿋꿋하고 상처를 받지 않는 사람은 드물다는 걸 깨달았어요. 포켓몬 고의 실드처럼 상처받지 않는 완벽한 방패를 가진 이도 없다는 사실도 알게되었죠.

그렇다면 남은 방도는 하나뿐이라는 사실도 깨달았습니다. 조금씩 흔들리고 상처받는 것. 그럼에도 그 자리를 지킬 만큼만, 서 있을 만큼의 용기를 가지는 것. 나와 날 둘러싼 상황이 형편없다고 탓하며 방패 뒤에 몸을 숨기지 않고, 그 자리에 그냥 '잘' 서 있는 것. 그것이 제가 할 수 있는 최선이었습니다.

그때부터 삶의 태도가 조금은 바뀌었던 것 같아요. 멋지고 튼튼한 강철멘탈을 가진 사람이 되고 싶은 욕심을 내려놨거든요. 속으로는 끊임없이 흔들리고 좌절하면서, 겉보기에 모든 일에 무던하고 의연한 사람인 척하는 일도 놓았어요. 힘든 일이 있으면 흔들릴 수도 있다. 우울한 날도 있을 수 있다. 나는 남들보다 섬세한 부분이 있으니까, 상처를 잘 받을 수도 있고, 더 깊이 좌절할 수도 있다. 그렇지만 모든 시간이 언젠가 지나간다는 사실을 믿고, 두 발을 땅에 잘 딛고 서 있어야지. 몇 가지 생각만 마음에 담아 두었어요.

허약한 나를 받아들이고 두 발 딛고 서 있기로 결심한 뒤로 더욱 소중히 여기게 된 것도 있어요. 저만의 놀이터와 안식처였지요. 일이 고단하거나 인간관계에 지칠 때면 시내의 작은 영화관이나 미술관, 도서관이나 서점으로 달려갔습니다. 누구의 눈에도 띄지 않고 제 예민한 구석을 펼쳐 놓을 수 있는 공간이었거든요. 저만의 놀이터에 가서 책이나 영화, 그림을 보고 있으면 마음이 든든하고 편안해졌습니다. 글을 쓰는 것도 그 안식처의 연장선이라 할 수 있지요. 흔들거리는 마음은 여전했지만 그럼에도 안식처와 놀이터가 있어 마음을 토닥일 수는 있게 되었습니다.

그러니까, 이 책에 실린 글을 통해 저는 '멘탈이 절대 흔들리지 않는 방법'에 대해 이야기할 수는 없었습니다. 지금도 마음에 지고, 좌절하고 울고 그런 지겨운 일을 반복하는 저니까요. 다만 마음이 힘들고 우울해도, 어디론가 도망가지 않고 자책감이나 우울의 늪에 발을 덜 담그며 지내는 방법 정도는 이야기할 수 있었습니다.

이 글을 쓰고 난 후의 저도, 글을 읽은 당신도, 어떤 방식으로든 상처 받는 일, 어려운 일을 겪어 내야 하겠지요. 멘탈을 다이아몬드처럼 깨지지 않는 단단한 재질로 바꾸는 건 불가능한 일입니다. 그렇지만 어려운 일을 만나도 흔들거린 마음이 다시 제자리로 올 때까지 조용히 기다려 주거나, 깨진 마음을 어딘가에 조심히 주워 담을 수는 있어요. 시간이 걸리겠지만 그런 일은 충분히 가능하다고 생각해요. 사람은 자신도 모르는 사이 미세하게, 끊임없이 바뀌는 존재니까요. 나도 모르던 새로운 힘과 용기가 마음속에서 튀어나올 때도 있고요.

과도한 기대치와 책임감의 무게를 줄이기. 돌이킬 수 없는 시간을 바라보는 횟수를 줄이고 나를 덜 미워하고 탓하기. 헤아릴 수도, 예측할 수도 없는 미래에 대한 걱정을 약간 덜어내기. 그런 일들을 해보며 저도 지내보려 합니다. 이 글을 읽는 여러분 역시 그런 작은 일들을 해보며 지내실 수 있을 거예요. 마음속으로 당신에게 작은 응원을 보내며 글을 마칩니다.

✦ 참고한 책 ✦

일레인 아론 지음, 노혜숙 옮김, 《타인보다 더 민감한 사람》, 웅진지식하우스, 2017.

이승민, 《자기합리화의 힘》, 위즈덤하우스, 2017.

닐 피오레 지음, 서현정 옮김, 《나우》, 랜덤하우스코리아, 2011.

롤프 젤린 지음, 우영미 옮김, 《예민함이라는 무기》, 나무생각, 2018.

말콤 글래드웰 지음, 노정태 옮김, 《아웃라이어》, 김영사, 2019.

허태균, 《어쩌다 한국인》, 중앙북스, 2015.

마셜 로젠버그 지음, 캐서린 한 옮김, 《비폭력대화》, 한국NVC센터, 2017.

문요한, 《관계를 읽는 시간》, 더퀘스트, 2018.

미하이 칙센트미하이 지음, 이희재 옮김,《몰입의 즐거움》, 해냄, 2021.
김용섭,《라이프 트렌드 2020》, 부키, 2019.

어느 날 유리멘탈 개복치로 판정받았다

제1판 1쇄 발행 2022년 5월 21일
제1판 2쇄 발행 2023년 12월 8일

지은이 태지원
펴낸이 나영광
펴낸곳 크레타
출판등록 제2020-000064호
책임편집 김영미
편집 정고은
일러스트 정상은
디자인 페이지엔

주소 경기도 고양시 덕양구 청초로 66 덕은리버워크 B동 1405호
전자우편 creta0521@naver.com
전화 02-338-1849
팩스 02-6280-1849
포스트 post.naver.com/creta0521
인스타그램 @creta0521
ISBN 979-11-977842-4-8 03810

책값은 뒤표지에 있습니다.
잘못 만들어진 책은 구입하신 서점에서 바꿔드립니다.